# 神は癒し巫女を離さない

Sakura Mashita
真下咲良



Honey Novel

Illustration

アオイ冬子

CONTENTS

神は癒し巫女を離さない ―――― 5

あとがき ―――― 273

空の王の大神殿。

その最奥に位置する神の間は、秋の神渡り日に神が降臨する場所と言われている。

今日は神渡り日。大神殿前の広場では盛大な例祭が催されているが、神の間は外界と隔絶されたように静かで、ひんやりとした空気に満ちていた。

アドリアニはひとり、広い神の間の真ん中にぽつんと立っていた。

項垂《うなだ》れて溜息《ためいき》をつく。何度目だろうか。足元には幾度もついた溜息が重くわだかまっているようだ。アドリアニは足を軽く動かして溜息を散らし、ついと顔を上げた。

正面には立派な祭壇が設《しつら》えてあり、祭壇が面している壁の上にはとても大きな肖像画が飾られている。金色の瞳《ひとみ》は肖像画を見つめた。

描かれているのは堂々たる体軀《たいく》の男だ。

吸い込まれそうな深い青色の瞳。秀でた額に鼻筋の通った顔は、凛々《りり》しく美しい。ゆったりとした白いズボンに、金糸の精緻《せいち》な刺繡《ししゅう》が施された真っ白なローブを羽織り、右手に金の錫杖《しゃくじょう》を持った男は、煌《きら》めく黄金の髪をなびかせてどこか遠くを見つめている。

空の王。

リルド皇国の神だ。

神の間に入り、空の王がいらっしゃる、と思ってしまったほど見事な肖像画だ。

「こんなに美しく整った顔立ちの男の人はいないもの」

何度見てもうっとりしてしまう。

空の王はアドリアニの初恋の相手だ。幼い頃からずっと、一途《いちず》に思い続け、十六歳になった今でも恋している。神に恋するなんておかしいけれど、好きなのだ。

美しくきれいなものに憧《あこが》れを抱くのは人の常だ。旅回りの人気役者や領主の子息に憧れるのと、なんら変わらないと思っている。

神の間に入ってどのくらい時間が経《た》ったのだろうか。アドリアニは空の王の降臨を待っていた。椅子《いす》も敷物もないので、大理石の床に立ちっぱなしだ。そのくらい苦にならないと思っていたけれど、何もしないで立っているのは非常に苦痛だった。

「肖像画を見ていれば、一日中でも平気だと思ったんだけど……」

足がだるくてどうしようもない。かといって、床に腰を下ろすのも躊躇《ためら》われる。巫女姫《みこひめ》が神事で身につけるような装束姿なのだ。

光沢がある滑らかな薄桃色の絹地は、所々に金糸が織り込まれている。肘《ひじ》の辺りから手首に向かって広がる袖《そで》は薄絹になっていて、腕を動かすたびにふわりと広がり、舞うと美しく見えるように考えられている。

腰に締めている五色糸の帯も、手間暇かけて織り上げられたもののようだ。肩にかけている白薄絹の羽織りものは繊細な花の刺繡が散りばめられているし、絹地が張られた履物は肌当たりがよく、ふんわりと足の裏を押し返す感触は言葉では言い表せないほどで、なんとも気持ちのいい履き心地《ごこち》だ。

神の間の床には塵《ちり》ひとつ落ちていない。直接腰を下ろしても装束は汚れないが、五色帯の前垂れは床に届きそうなほど長いのだ。施療院で働いているアドリアニは、作務衣《さむえ》姿で毎日走り回っていて、楚々《そそ》とした動作が身についていない。立ち上がる時に踏んでしまいそうだし、帯がほどけてしまったら結ぶことができない。複雑な飾り結びになっているのだ。

束ねて結い上げられた長い銀色の髪には、簪《かんざし》や髪飾りが彩りを添えていて、立ったりしやがんだりした拍子に落ちてしまうのも怖かったのだ。

「床磨きでもして待っていたほうがよっぽど楽だわ。床に這《は》いつくばっている私をご覧になったら、空の王は驚かれるでしょうけど」

アドリアニは力なく笑った。

空の王に会える期待に胸を膨らませて神の間に入ったアドリアニは、夢心地で肖像画に見とれていた。

絵姿と同じ姿でおいでになるのかしら。いいえ、もっと素敵かも。神の間にはどうやって来るのかしら。神ですもの、人には考えつかない方法でおいでになるのね。音曲が聞こえてくるかもしれないわ。それとも、神の間が光り輝くのかしら。

目の前に空の王が現れたら泣いてしまうかもしれないなどと呟《つぶや》き、いろんな空想をしていたが、長い時間が過ぎ、膨らんだ期待も喜びも萎《しぼ》んでしまった。待ちくたびれ、次第に心細くなってきてしまったのだ。

自分に課した使命を果たせるのか、不安でたまらなくなってくる。

「いつおいでになるのかな」

神渡り日、大神殿に神が降臨する。

リルド皇国の誰もが知っていることだ。しかし、本当に姿を現すとは誰も思っていない。空の王に一目会いたいと夢見ているアドリアニでさえ、信じていなかった。

だが、大神殿の首席神官はっきりと言った。空の王は神渡り日に来るのだ、と。

それから、下卑た目つきで次のようなことも言った。

「お前は巫女姫のように振る舞い、空の王を籠絡《ろうらく》するのだ。そして、私の言ったことを空の王に願うのだ。お前の持っている力と、その身体《からだ》を使って上手くやれ」

アドリアニは供物《くもつ》にされたのだ。首席神官の願いを叶《かな》えるための…。

できなかったらどうなるかわかっているな、と念まで押された。

「あんな奴の言うことなんて聞くもんですか。空の王がおいでになったら、首席神官に神罰を与えてくれるよう、私がお願いするのよ。もしも…、願いを叶えてほしければ身を捧《ささ》げろと空の王がおっしゃったら、私は喜んでこの身を捧げるわ」

憧れ続けた神に望まれるのだ。こんなに嬉《うれ》しいことはない。

「首席神官は空の王を誑《たぶら》かせって言ったけど、上手くいくわけがないじゃない。だいたい相手は神なのよ。なんでも知っているし、なんでも見透かしてしまうわ。いくら着飾っていたって、贋物《にせもの》だと気づくわ。私は巫女姫どころか、巫女ですらないんだから」

アドリアニは空の王の大神殿の巫女になりたいと思っていた。資格がないとわかっていても、諦《あきら》め切れずにいた。大神殿の使者から巫女になれると聞かされ、アドリアニは舞い上がった。願いが叶うのだと浮かれてほいほいと大神殿に来てしまったのだ。

来て早々に、自分は愚かだったと知った。

巫女になるどころか首席神官の手駒にされ、空の王を欺かなければならなくなってしまったのだ。上手くいかなければ、首席神官の慰み者にならなければならない。

「空の王は本当においでになるのかな。もしかして、それも嘘《うそ》？」

ずっと待っているのに、未《いま》だ空の王は来ないのだ。

「最初っから、慰み者にするつもりだったんじゃ……。私はなんて馬鹿なの！　巫女にしてやるって騙《だま》されたのに、まだあんな男の言うことを信じていたなんて」

大神殿に来て三日。軟禁状態の辛《つら》い三日間を耐えたのは、空の王に会えば、助けてもらえると思っていたからだ。

「嫌よっ！　絶対に嫌！　ああ、どうしよう…」

この先、自分の身がどうなるのか考えると、きれいに整えられた装束も髪も、ぐちゃぐちゃにしてしまいたい衝動に駆られる。

神に一番近い場所で祈りを捧げる人間が、大神殿の頂点である首席神官が、堕落していると誰が想像できるだろうか。

「どうして神は、あんな男を見過ごしているの。どうして罰を下さないの？」

絶望の淵《ふち》に立たされたアドリアニは、もっと恐ろしいことを想像した。

「神は…、存在するの？」

空の王の存在を疑ったのは初めてだった。

「まさか、神は大神殿が作ったまやかし…？」

ぽつりと零《こぼ》してしまった言葉に、アドリアニは激しく頭を振った。

「いいえ、そんなことない！　絶対にいらっしゃる、ここにおいでになるわ。空の王にお願いするの。助けてくださいって、首席神官を罰してって頼むんだもの！」

悪いほうへと考えが向いてしまう自分に言い聞かせるよう、アドリアニは叫んだ。そうしなければ、空の王への信仰心や恋心が砕け散ってしまいそうだったのだ。

「だって、想像だけで誰がこんなに美しいお姿を考え出せるの？」

肖像画を見上げ、切れてしまいそうな希望の糸をなんとか繋《つな》ぎ留《と》める。

「どうかおいでください、空の王よ。お願いです」

声が震えた。泣きそうになりながら、一心に肖像画を見つめて祈った。

すると、空の王の絵姿が揺らめいた。

アドリアニはまばたきした。滲《にじ》んだ涙で見間違えたと思ったのだ。しかし、揺らめきはさらに大きくなり、仄《ほの》かな光を放ち始めたではないか。光の粒は肖像画を取り囲んで踊り、空の王の絵姿は一段と美しさを増した。

「なんて、きれいなの」

ぼうっと見つめていると、絵姿の揺らぎが強くなる。

「おいでになられるんだ。空の王が助けに来てくれたんだわ」

俄《にわ》かに緊張する。立ったままでは失礼だと慌てて跪《ひざまず》き、跳ね上げていたベールを下ろして頭《こうべ》を垂れた。それを待っていたかのように、神の間に稲妻《いなずま》が走った。

「っ……!」

雷が苦手なアドリアニは身を縮め、ぎゅっと目を閉じて耳を塞《ふさ》いで備えた。大きな音が響き渡ると思ったのだ。だが、予想に反して雷鳴は来なかった。

胸を撫《な》で下ろして身体の力を抜くと、近くに気配を感じる。アドリアニは息を飲んだ。

空の王がすぐそこに……。

神が目の前にいるのだ。動悸《どうき》が激しくなり、感激で身体が震えだした。これで助かる、という安堵《あんど》も大きかった。

肖像画があれだけ美しいのだから、実際の姿はどれほど煌びやかなのだろう。何倍も素敵なのよ！　ああ、どうしよう。お声をかけられたら、きちんと答えられるかしら。落ち着くのよ。空の王はお優しい方なんだから。

絶望の淵に佇んでいたアドリアニは一転、踊り出したくなった。湧《わ》き立つ心を懸命に鎮めながら、声がかかるのを待った。

それなのに、空の王は一言も発しない。

声をかけてもらわなければ、顔を上げることもできない。こちらから声をかけていいものなのか、悩む。下々の者から声をかけるのは、失礼なこととされているのだ。

どうして声をかけてくださらないのかしら。これじゃあ、お姿が見られないわ。おみ足だけでも見たい。顔を上げなければいいわよね。

ちょっとだけ、とアドリアニは俯《うつむ》いたまま視線を上げ、すぐに眉根《まゆね》を寄せた。

そこに、サンダルを履いた足がある。

問題なのは足でなく、その足が履いている革のサンダルだった。艶《つや》もなく、ささくれがたくさんできていて、履き古したようなサンダルだったのだ。

無意識に首を傾《かし》げていた。

膝《ひざ》から下しか見えないのだが、肖像画のようなズボンを穿《は》いているのは間違いない。ローブも纏《まと》っている。しかし、綻《ほころ》びが目立ち、裾《すそ》には金糸の刺繍どころか、擦り切れて糸が何本も垂れ下がっていて酷《ひど》くみすぼらしい。金の錫杖も持っていないようだ。

本当に空の王なの？

顔が見たかった。あの凛々しく美しい顔を見ればはっきりするではないか、と思う反面、とんでもないものを目にしそうな予感がして、これ以上は見てはいけないと引き止める自分もいる。

でも、見たい。お顔が見たいわ。肖像画は二割ほど見栄えよく描いてあるかもしれないけど、二割引いたって、とても素敵だもの。お召し物だって…、そうよ、たまたまこんな格好でおいでになったのかもしれないわ。ええ、きっとそう。

誘惑に勝てなかったアドリアニは、意を決し、顔を上げた。

「え…？」

アドリアニはあんぐりと口を開け、腰が抜けたようになって、ぺたんと大理石の床に座り込んだ。

すぐそこに、堂々たる体軀の男が立っている。

……だ、だれ？

男の髪は長い豊かな金髪ではなかった。ベール越しでもわかる。茶色と黄色が混ざったとうもろこしのヒゲを集め、もっさりと頭に乗せたような髪なのだ。その髪が顔の上半分を覆っていて青い瞳は見えないし、下半分は無精髭《ひげ》に覆われているので造作もはっきりしない。

ジンダーさんとこのキャップみたい。

近所の家で飼っている牧羊犬だ。

肖像画と似ても似つかない姿は、期待が大きかった分、アドリアニに大きな衝撃を与えた。

「……代替わりしていたのか」

男がやっと口を開いた。低く豊かな声だ。姿に似合わない美声は、どこか悔やんでいるような響きがあった。

巫女姫が亡くなったと勘違いしていらっしゃるみたい。

空の王があまりに貧相だったので、アドリアニは落ち着きを取り戻し、冷静に考えることができた。肖像画と寸分違《たが》わない姿だったら、こうはいかなかっただろう。

「あ、あの…、そうではなくて…」

自分は巫女姫ではないと言おうとして躊躇った。

正直に話せば助けてくださるはずよ。でも、本当に空の王なの？

「いくつだ」

「いくつ…？　あ、齢《とし》は十六です」

男は驚いたようだった。表情は窺《うかが》えなくても空気でわかる。

「えらく若いな」

疑問を含んでいる。

「お前は身体が悪いのか」

「え？」

「患っているのか？」

体調を聞かれるとは思わなかった。

風邪《かぜ》をひいたのは何年前だったかしら、と考えなければ思い出せないほど頑健だ。風邪をひいても熱は出ないし、寝込んだこともない。

「いいえ。至って健康ですが…」

問われるままに答えると、空の王らしき男はしばらく沈黙していたが、そのままくるりと背を向けた。

「あの…」

戸惑っていると、来た時のような光の粒が男の周りを飛び交いだした。後ろ姿が揺らめき始める。


まさか、帰っちゃうの？

空の王と声をかけたが、振り向きもしない。

空の王じゃないのかしら。

突然現れる、なんてことができるのは、神だけだ。人にはできるはずもない。これは神の御業《みわざ》だ。空の王ではないにしろ、この男も神ではないか。

空の王の知り合い…とか？　そうよ、お友達の神が代わりに来たのかもしれないわ。この男を返してしまったら、自分の進退が極まることだけはわかる。

「私の話を聞いてください！」

光の粒は一層激しく弾《はじ》け、揺らぎはさらに大きくなって男の姿がぼやけだした。

「まっ、待って！」

アドリアニは焦った。ここで帰られてしまったら、一巻の終わりだ。

逃がしてなるものですか！

アドリアニは神らしき男を引き止めようと、立ち上がりながら足を踏み出した。

「きゃっ」

不意に身体が下に引っ張られる。腰に結んである帯の前垂れを踏んだのだ。前のめりになったアドリアニは両の膝を床にしこたま打ち、倒れ込んでしがみついた。

男の両脚に。

「うおっ！」

男が叫んだ。まさか、後ろからしがみつかれるとは思わなかったのだろう。

アドリアニに体当たりを食らった男は、身体の均衡を崩した。両脚を抱え込まれている男は足を踏み出せず、両腕をくるくる回して倒れまいと必死に踏ん張っていたが、努力も虚《むな》しく身体は前に傾いていく。

時間の流れが遅くなったようにゆっくりと、男が祭壇に向かって倒れていくのを、アドリアニは成す術《すべ》もなく見ていた。両腕を離せば済むのに、そこに考えが至らなかったのだ。

祭壇に激突すると思った瞬間、男の上体が祭壇に溶け込むように消えだした。さらに驚くべきことが起こった。男の両脚を掴《つか》んでいたアドリアニの手まで、徐々に消えていくのだ。

「うそぉ……」

痛みはまったく感じないが、このままでは頭も身体も消えてしまう。

恐ろしくなったアドリアニは、慌てて脚から手を離す。けれど、消えた男の後を追うように、身体がぐいと引っ張られた。歪《ゆが》んで見える周りの風景が渦を巻き始める。

「やっ、やだ！　だっ、誰か…、誰か助けて！」

踏ん張っても渦の中に引きずられていく。

「いやぁぁぁー」

恐怖に顔を歪めたアドリアニが放った絶叫が、ぶつりと途切れた。

カツン、と渇いた音が、神の間に響く。

花飾りのついた簪が一本、床に落ちていた。

神の間に、静寂が戻った。

昔、清らかな乙女《おとめ》がいた。戦《いくさ》や飢饉《ききん》で苦しむ人々に心を痛め、乙女は嘆き悲しんでいた。なんとかして人々を救いたい、と。

だが、乙女には財も力もなかった。

乙女は祈った。数多《あまた》の神々に祈った。寝食を忘れ、ひたすら祈った。そしてある日、乙女は神の声を聞いた。

乙女の祈りに応《こた》えたのは『空の王』と『水の王』の二神だった。

空の王と水の王は、戦を鎮めて平和をもたらし、荒れた大地を緑の野に変えて人々を飢えから救った。

リルド皇国全土に広がった二神信仰は国教と定められ、都には空の王と水の王の大神殿が建立された。

それぞれの大神殿には、言い伝えの通りに描かれた大きな肖像画が飾られている。

輝く黄金の髪と深い青色の瞳の、堂々たる体軀の空の王。

すらりとした優美な姿で、漆黒の髪と水色の瞳を持つ水の王。

二神は対照的な美しい姿をしていた。

リルド皇国の東南のレオネス山の雲に隠れた頂《いただき》には空の王が、北西に面したラフィア海の深い海の底には水の王がおわし、人々の暮らしを見守っているのだという。

春の神渡り日には水の王が、秋の神渡り日には空の王が、大神殿に降臨すると言われている。

神渡り日を挟んで二日前を神迎え日、二日後を神送り日と称し、リルド皇国の都の大神殿では五日間の大例祭が斎行される。

例祭には多くの人々が国中から集まり、大神殿に参拝する。

秋も深まり、もうすぐ空の王の神渡り日がやってくる。


「んーっ」

アドリアニは目を覚ますと、寝台の上で両腕を上げて伸びをした。

空はまだ夜の帳《とばり》を引きずっていた。群青色とも紫色ともいえぬ色に染まっている。

起き上がって膝をつき、右横にある小窓を開けると、小窓から秋風が流れ込んでくる。さわやかな風はアドリアニの顔を撫で、背中の中ほどまである豊かな銀色の髪を揺らした。大きく深呼吸する。すがすがしい空気は気持ちがいい。

「今日はいいお天気になりそう」

ここ四日ほど、どんよりとした曇りの日ばかりで、アドリアニはクサクサしていたのだ。

窓枠に肘をかけ、目を閉じて風を感じていたが、小窓の正面に飾ってあるタペストリーが風に煽《あお》られた音で、はっと目を開けた。空の色が薄くなりだしている。もうすぐ夜明けだ。

「いけない。急がなきゃ」

寝台から飛び下りるなり寝衣を脱ぎ捨て、行李《こうり》の中から取り出した藍色《あいいろ》の作務衣に着替える。七分袖のついた飾りのない簡単服だ。髪を櫛《くし》で梳《と》かし、くるくると纏めてシニョンにすると、作務衣と同じ色の布で覆った。

腰に結ぶ組み紐《ひも》に手を伸ばして、今日はどれにしようかと考える。地味な作務衣に色遊びできる組み紐は、アドリアニのお手製だ。一本手に取って腰に結ぶ。

そこに手拭《てぬぐ》いを挟み込み、肩越しに背中を見たり足元を見下ろしたりして自分の姿を確認する。アドリアニは満足したようにうんと頷《うなず》くと部屋を出た。

暗い廊下を歩いて建物の外に出ると、向かうは裏手にある井戸だ。釣瓶《つるべ》を落とし、水を汲《く》み上げて顔を洗って口を濯《すす》ぎ、再び自室に戻ると壁のタペストリーを外した。

現れたのは、小遣いで買った小さな肖像画だ。

肖像画といっても、高名な画家が描いたものではない。それを模写したものをさらに模写したものだろう。大小様々な大きさの同じ絵が売られており、どこの家にも大抵一枚二枚は飾ってあるのだ。アドリアニはその前で跪き、絵を見上げた。

「おはようございます、空の王」

肖像画に光が当たり、空の王の姿が浮かび上がった。日が昇り始めたのだ。日の出のほんの一時、日の光が当たる場所を選んで飾ってある。

両手を組み、アドリアニは祈りの言葉を唱える。日の出前に起き、こうして肖像画を見つめるのが日課になっている。

光り輝く姿は四日ぶりだ。アドリアニは肖像画をうっとりと見つめて話しかけた。

「秋の神渡り日はもうすぐですね」

(そなたに会えるのが楽しみだ。大神殿に来るのだろう?)

きっとこんな答えを返してくれるだろうと空想する。

「私は今年も大神殿に行けそうにありません」

(そうか。それは残念だ)

「いいのです。どこにいても、こうして空の王と会えるのですから」

(私は直接会いたいが、そなたは違うのか?)

「嬉しい。私もお会いしたいです。いつか、きっと…」

一途に見つめていると、夜明けを知らせる時告げの鐘が遠くで鳴り始め、鳴り終ると同時に、うえーん！　と子供の泣き声が響いた。

「やーい、ドリューの寝小便たれーっ！」

囃《はや》したてる声に、アドリアニは夢から醒《さ》めたように現実へと立ち戻った。空の王との時間は、これで終了のようだ。

「もう、サクサはまたドリューをからかって」

アドリアニは立ち上がり、タペストリーを直して慌ただしく部屋を飛び出した。


都の外れの村にあるマルタの施療院。

院長のマルタと、マルタの妻ジェンが病人や怪我人《けがにん》の治療にあたり、アドリアニは二人の手伝いをして暮らしている。

施療院には孤児院が併設され、事情のある子供たちが常に五、六人いる。

アドリアニもここで育った。乳飲み子だったアドリアニは、施療院の玄関前に置き去りにされていたそうだ。

院長夫妻はアドリアニという名をつけ、たくさんの愛情を注いで育ててくれた。捨て子だったと知った時は、親に捨てられたことよりも、両親だと思っていた夫妻と血が繋がっていないことのほうが悲しかった。

子供を無事に産むのも育てるのも大変なことだ。母親にはよくよくの事情があったのだろうと考え、子のない院長夫妻はアドリアニを自分たちの子にせず、里子にも出さなかった。

いつか母親が迎えに来るだろうと思ってのことだった。

結局、産んだ母親が迎えに来ることはなかったけれど…。

アドリアニは村でも評判の美しい娘に育ち、妻や愛妾《あいしょう》にと望む話が頻繁に舞い込むようになった。院長夫妻はいつでも嫁いでいいよと言うけれど、施療院を離れるつもりはない。治療の手伝いだけでなく、料理、洗濯、掃除など、アドリアニの仕事は多岐にわたっている。入院患者の世話もその仕事のひとつだ。

患者が朝食を食べ終えた頃だろうと病室へ赴くと、地方から例祭を見物にやってきた三人組が言い争っていた。床には木の器が散乱している。

「どうしたの！」

原因は他愛のないことのようだ。アドリアニは止めに入ったが男三人は聞く耳を持たず、ひとりが興奮して振り上げた手で、窓辺の花瓶を落として割った。

「いい加減にしなさい！　くだらないことでぐだぐだ言い争ってないで、とっとと部屋を片づけるのよ！」

男たちは啞然《あぜん》とした顔でアドリアニを見た。親身に世話をしてくれた優しい娘が、眉を吊《つ》り上げて怒鳴るとは思わなかったのだ。

「おやおや、うちの『癒《いや》しの乙女』を『雷光の乙女』に変えたのは誰だい？」

笑いを含んだ声が聞こえ、院長が姿を見せた。院長のマルタは四十半ば。地方の空の王の小神殿で神官見習いをしつつ医術と薬学を修め、都外れの施療院を任されて二十年ほどになる。

「もうね、本当にくだらないことで喧嘩《けんか》してるの！　葡萄《ぶどう》をひとつぶ多く食べたとか食べなかったとか。昨日はあんなにうんうん呻《うめ》いていたのに」

食べすぎの腹痛で、三人そろって宿屋から運ばれてきたのだ。

院長は男たちに向かって、小声で囁《ささや》くように言った。

「アドリアニを怒らせないでおくれ。癒しの乙女は本気で怒るとものすごく怖いんだよ」

「癒しの乙女は禁止だって言ったでしょ！」

「ほら、こうやって雷を落とすんだよ。言うことを聞いたほうがいい」

アドリアニが怒ってもどこ吹く風で、院長はにこにこ笑って男たちを諭《さと》す。

「胃腸を整える薬を持ってくるから、それを飲んだら退院してもいいよ。ただし、掃除をしてからだよ。アドリアニがいいという状態になるまでね」

男たちは神妙な面持ちで頭を下げた。

「ところで院長先生、エレナさんの腰の具合はどう？」

近所の老婆だ。腰痛で起きられなくなったのだ。

「だいぶいいみたいだが、後で顔を見に行ってくれるかな」

「ええ。エレナさんの身体が少しでも楽になるのなら」

「頼むよ、我が癒しの乙女よ。おおっと、雷光の乙女に変わる前に退散だ」

アドリアニが文句を言う前に、院長は逃げるように病室を出ていった。

「もうっ！　院長先生はからかってばかりなんだから」

アドリアニを癒しの乙女と呼び始めたのは施療院の患者たちだった。施療院に運ばれてきた長患いの老人や、原因不明の痛みを訴える患者が、アドリアニが手で擦《さす》っただけですっかり癒《い》えたからだ。

だが、アドリアニは懐疑的だった。治ったのはほんの一部の患者だけだからだ。

病気や怪我をすれば誰しも心細くなる。そんな時、傍《そば》に誰かがいれば安心するものだ。心が落ち着けば治癒力も高まる。そんな偶然がたまたま重なったのではないかと思うのだ。

癒しの力があったら、大神殿の巫女になれたもの。

リルド皇国では不思議な力を持つ女の子が生まれる。先見、遠見、思念伝達や読心、治癒など様々だ。力のある少女たちは大神殿に呼び寄せられ、巫女見習いとして修行に励む。最終的に巫女として残るのは少数で、その中から巫女姫が選ばれるのだ。

過去には、念じれば大きな物体を動かすことができる者もいたという。二神信仰の始まりとなった清らかな乙女も、なんらかの力を持っていたのかもしれない。

巫女修行は幼い頃から始めるから、十六歳のアドリアニはとうに資格を失っていた。

だが、齢を取っても簡単になれる方法がある。大神殿に多額の寄進をするのだ。貴族の令嬢や商家の娘たちは、この方法でこぞって巫女修行に行く。嫁入り前の行儀見習いのようなものだ。一ヶ月ほど巫女修行に行くと、見合い話がたくさん来るらしい。

巫女は一生を神に捧げる神聖な役目なのに…。

巫女になれない僻《ひが》みかもしれないが、金集めのような短期修行を奨励する大神殿に、アドリアニはちょっぴり腹立たしさを感じていた。

「さあ、私も手伝うから、きれいにしてね」

男たちと掃除していると、院長が薬を持って戻ってきた。

「感心感心。アドリアニは怖いからねぇ」

「雷を落としてほしいのね、院長先生」

「おやおや、いいのかい？　空の王がご覧になっているかもしれないぞ」

アドリアニがうろたえると、男たちは不思議そうな顔をした。

「アドリアニはね、それはそれは空の王が好きなんだ。小さい頃は肖像画の前に座らせておくと、飽きもせず絵姿を見ていたっけ。あの当時から面食いだったんだねぇ」

「もーっ、院長先生。そんなこと、……言わなくてもいいのに」

空の王が聞いているかもしれないと思うと、張り上げた声が尻すぼみになる。

雷が落ちないとわかった院長は、アドリアニがいかに空の王を慕っているかを語り始めた。

「だからって夢見がちじゃないんだよ。この子は空の王のこと以外はとても現実的で――」

リルドの娘は誰もが二神に憧れるが、アドリアニのように結婚話が出る齢までというのは珍しい。それを恥じてはいないが、目の前で自分の恋話をされるのは居たたまれないのだ。

そこへ、アドリアニに客が来たと告げにドリューがやってきた。

「立派な格好の男の人。えっと…グレアム様？」

アドリアニに何度も求婚している、グレアム・ミンターだ。

「ミンター家のご子息か。こんなに朝早くから、彼も頑張るねぇ」

「出かけていて今はいないと言って」

院長に頼むと、ドリューは泣きそうな顔になる。

「……ごめんなさい。いるって言っちゃったの」

「そっか…。いいのよ。嘘はいけないもんね」

アドリアニはドリューの頭を撫でると、重い足取りで病室を出た。

グレアム・ミンターは施療院の前に停《と》めた馬車の横でうろうろしていて、アドリアニが出ていくとぱっと顔を輝かせた。貴公子自ら両手でかごを抱えている。いつもたくさんの菓子を持ってきてくれるのだ。

「こっちのほうに来る用事があったものだから…。あ、これは子供たちに」

アドリアニが礼を言って微笑《ほほえ》むと、グレアムは頭を掻《か》いた。

「いやぁ…、喜んでもらえると私も嬉しい」

アドリアニには愛妾の話がよく持ち込まれる。妻にと言ってくれる貴族や商人もいるが、皆かなり年上だ。跡継ぎも育ち、隠居生活を楽しむために後妻としてアドリアニを望むのだ。そういう男は大抵鼻持ちならない人間で、目的は美しいアドリアニの身体だ。

それに引き替え、グレアムは若くてハンサムで、人柄も非常によい。子供たちに菓子を持ってきてくれる優しさと、そっくり返らない謙虚さがある。貴族は偉い、という固定概念に囚《とら》われない思考の柔軟さを持ち合わせているのは、身分の高い貴公子には稀有《けう》なことだ。

本当にいい方なのよねぇ。

「先日、空の王の大神殿に行ってきたんだ」

「例祭の準備は進んでいましたか？」

アドリアニは身を乗り出して聞く。グレアムは眩《まぶ》しそうにアドリアニを見た。

「大神殿前の飾りつけもほぼ終わっていたよ。神渡り日に一緒に行かないかい？」

「…仕事があるので」

そうだね、とグレアムは残念そうに言った。例祭の間は施療院も忙しい。地方からの長旅で具合の悪くなる人は多く、羽目を外して帰りがけに怪我をする人も毎年出るのだ。

「大切な話を忘れていた。知人の紹介で大神殿の首席神官と会う機会をいただいたのだよ。君の話をしたら、あの方は非常に興味を持っておられた」

「首席神官に、私のことを？」

「君に巫女のような癒しの力があることと、美しくて優しい人だと話したからかな」

グレアムは照れ臭そうな顔をする。

「私は君に救われたから……」

出先で食中《しょくあた》りになったグレアムは、近くにあったマルタの施療院に駆け込んだ。アドリアニは激しく嘔吐《おうと》するグレアムの背中を擦り、手洗いにつき添い症状が治まるまで看病した。アドリアニにとっては特別なことではないのだが、それからというもの、グレアムは些細《ささい》な用事を作っては施療院にやってくるようになったのだ。

「どこの施療院かとお尋ねになられたので、マルタの施療院だと説明したんだ」

施療院への援助を増やしてくれるよう頼んだのだという。

施療院は大神殿の管轄下にある。無償で治療を施す施療院の内情はどこも火の車だ。院長はどんな人にも救いの手を差し伸べ、惜しみなく治療を施す。不治の病で行き倒れになった人を、アドリアニは何人も看取《みと》ってきた。心づけをくれる貴族や商人もいるけれど、薬は十分ではないし、人手を雇う余裕もない。

大神殿に援助の増額を願い出ても、色よい返事は返ってこない。大神殿の財布の紐は固いのだ。せっかくの尽力も功を奏することはないだろう。

グレアムは施療院への資金援助を申し出てくれていた。優しいグレアムなら結婚後も大切にしてくれるだろうし、ミンター家は資産家なので心強い後ろ盾になる。断るのはもったいない話だとも思う。

「お心遣い感謝します、グレアム様」

アドリアニに言えるのはお礼だけだった。彼が望む言葉はあげられない。グレアムの気持ちは嬉しいけれど、どれほど愛されても、彼に恋することはないとわかるからだ。

名残《なごり》惜しそうに帰っていくグレアムを見送りながら、彼の幸せを心から願った。

神迎え日まで、あと二日となった日。

施療院前に立派な馬車が停まった。丸に三日月の印がついている、空の王の大神殿の馬車だ。空の王の大神殿から首席神官の使者が前触れもなくやってきたのだ。

誰もが驚いているところへ、馬車から降り立った強面《こわもて》の使者は開口一番に言った。

「この施療院に、アドリアニという娘がおるであろう。私と共に大神殿に来るように」

名指しされたアドリアニは驚いた。

「施療院の院長マルタでございます。どういうことでございましょう」

進み出た院長に、使者は横柄な態度でこう言った。

「お前に用はない。娘はどこだ」

アドリアニが挨拶《あいさつ》すると、使者は目を細めた。

「ほう、お前がアドリアニか。なるほど…。首席神官様からのお言葉だ。お前は今日から空の王の大神殿で、巫女として勤めよ」

「私が巫女に…？　それは本当ですか？」

「そうだ。すぐにでも出発せねば。支度をするのだ。急げ」

アドリアニは降って湧いたような話に顔を輝かせ、頷こうとしたが…。

「お待ちください」

はい、と答える寸前、院長が遮った。

「あまりに突然のお話に驚いております。アドリアニは十六になりました。巫女になるには遅いのではないでしょうか」

「そんなことは、お前に言われなくてもわかっておる。首席神官様がお決めになったのだ。ありがたく受けよ」

「確かにありがたいお話ですが…、しばらく考える間をいただけませんでしょうか」

いつもにこやかな院長が渋い顔をしている。

「院長先生、私行きたい。夢のようなお話だもの」

「娘は行く気になっているではないか。なぜ止めるのだ」

「アドリアニ、巫女になれば、二度と戻ってこられないのはわかっているね」

院長の言葉にはっとした。このまま使者と行けば、皆と一生会えない。

「どこかへ行っちゃうの？」

子供たちはアドリアニにしがみつき、不安げに見上げる。

「お使者に重ねてお願いいたします。今日一日、猶予を」

すぐにも連れていこうとする使者に、院長が執拗《しつよう》に食い下がる。大神殿の馬車に気づいた村人が集まってきたこともあり、使者はしばらく考えて、明朝迎えに来るからそれまでに支度をしておくように、と帰っていった。

子供たちを村の女性に任せ、院長夫妻はアドリアニを自分たちの部屋に呼んだ。

「アドリアニ、行きたいのかい？」

「院長先生は反対なの？　私がなりたかったの知ってるのに…」

「賛成できるわけがない。浮ついた気持ちではお勤めはできないよ」

「浮ついてなんかいないわ」

院長の厳しい言葉に言い返す。

「巫女になっても、空の王を呼べないのよ」

ジュンが微笑んだ。空の王を呼んで、と泣いてねだったことを言っているのだ。

「あれは小さい頃のことよ。実際に空の王に会えるなんて思ってないわ。神を信じているけれど、神が姿を現すことはないってわかっているもの」

アドリアニは口をちょっぴり尖《とが》らせた。

「君が巫女に憧れているのは、空の王を好きだからだ。神を慕うのも、会いたいと願うのも悪くはない。ただね、君が好きなあのお姿は本当に神のお姿かどうか…。たとえば、お爺《じい》さんやあまり見栄えのしない男性のお姿だったら、君は巫女になりたいと思ったかい？」

院長は痛いところを突いてきた。

「それは…」

答えられなかった。美しく凛々しい絵姿に惹かれたのだ。院長の言うような姿だったら、巫女になりたいと思わなかっただろう。その点は浮ついていると言われても仕方ない。

「私、どこかおかしいのかな。おかしいよね、神が好きだなんて…」

唇を噛《か》みしめたアドリアニの手に、ジュンは自分の手を重ねた。

「誰かを好きになるって、とても素敵なことよ。おかしいことなんてないわ。ね、あなた」

「そうだよ。けどね、好きだから、だけで巫女になるのは賛成できないんだよ。巫女は多くのものを犠牲にしなければならないのだから」

口調は穏やかだが、院長の表情は険しい。

巫女になるとはどういうことなのか、アドリアニはあまり真剣に考えてこなかった。施療院に二度と戻ってこられないと言われ、自分の認識が甘かったと恥じた。大神殿のすぐ隣に施療院があるような感覚で、軽く考えていたのだ。

「皆に会えなくなるのは辛いわ。寂しくて、毎晩泣いてしまうかもしれない」

だったらお断りしなさいな、と言ったジュンに、アドリアニは押し黙った。

「巫女の暮らしぶりを知っている者は、大神殿の中でも一握りだ。当然、巫女たちが普段どうしているのか、外にはまったく漏れてこない。こんなことは言いたくないが、君が亡くなっても、私たちにはわからないんだよ」

「あなた、そんな脅すようなことを言わなくても……」

ジュンは夫を責めた。大神殿は魔窟《まくつ》だ、と言っているようなものだ。

「いいや、知っていたほうがいい。地方の長閑《のどか》な小神殿とはまったく別なんだ。私が神官だった当時でも、大神殿の奥に入る許可は出なかった。それに、神に仕える者すべてが、神への奉仕の心を持っているともいえない。理不尽なこと、辛いことや嫌なこともあるだろう。大神殿に行って、空の王への信仰を失ってしまうかもしれない。それでも行きたいのかい？」

アドリアニは院長の話を噛みしめ、自分はどうしたいのかと、己の心に問うた。

「……院長先生は前に言ったよね。私は人々のために生きたいと思ったんだよ、って。だから神官ではなく医者の道を選んだって。私は人々のために生きる巫女になりたい。正直、自分に癒しの力があるのかわからないわ。でも、こんな機会は二度と来ない。今、行動しなかったら、どうしてあの時行かなかったんだろうって、ずっとぐちぐち言い続けそうな気がするの。五年後、十年後、お婆さんになっても、死を迎える間際になっても、後悔しているだろうって。それだけは今の私にもはっきりとわかる。空の王にお仕えしたいの。どうしてこんなに執着するのか、自分でもよくわからないけど…」

正直な心の内を吐露し、上目遣いに院長夫妻を見ると、二人はどこか諦めたような、穏やかな笑みを浮かべていた。

「君はもう大人だ。自分の将来は自分で決めればいい。巫女になりたいんだね」

アドリアニは力強く頷いた。

「空の王に嫁に出したのだと思えば、諦めがつくかな」

「大神殿に行ってもいいの？」

「ダメだって言ったら、諦めるのかい？」

いいえ、と頭を振った。アドリアニの心は、すでに決まっていた。

「私は反対の姿勢を崩さないぞ。そうしないと、子供たちが納得しないからね」

アドリアニは院長の腕の中に飛び込んだ。

「ありがとう、お父さん。ありがとう、お母さん」

「まぁ、お母さんと呼んでくれたのは何年振りかしら」

実の両親ではないと知った時から呼ばなくなったが、アドリアニにとって院長は父で、ジュンが母なのだ。

「重くなったね、アドリアニ」

膝の上に座ったアドリアニの頭を院長が撫でる。小さい頃はこうして院長の膝の上に乗って、頭を撫でてもらったものだ。アドリアニは泣き笑いの顔になった。

「お父さん、お母さん。我儘《わがまま》な娘でごめんなさい」

「私が覚えている君の我儘は、なんにもいらないから空の王を呼んできて、と言ったことくらいだよ。あれには参った。誰かに偽の空の王になってもらおうにも、あのお方に似た人なんているわけがないからね。水の王も美しい方だけど…」

ここで院長はくすっと笑った。

「君は小さい頃から空の王一筋だったね。水の王に同情してしまいたくなるほどに」

しみじみ語る院長に、アドリアニは不安に思っていることをぶつけた。

「お父さん、私には不思議な力があると思う？　なかったら、大神殿に行っても巫女になれないわ。帰れ、って言われたらどうしよう」

すぐに帰っておいで、とあっさり言われてしまう。

「…大丈夫だって言ってほしいのに」

「あらあら、マルタ施療院の癒しの乙女がそんなことでどうするの？」

「そうだよ。君にその名を授けてくれたのは、村の人や旅人や、施療院に来た多くの患者さんだ。皆の思いがその名に込められている。彼らを信じられないかい？」

癒しの乙女と呼ばれるたび、そんな大層な名で呼ばないで、と思っていたけれど…、決して嫌だったわけではない。

「信じてる」

皆がつけてくれたその名だけが頼りなのだ。

「知っているかい、アドリアニ。不思議な力は空の王のためには使わないことを」

「皇王様や大神殿のために使うんでしょう？　神の巫女なのに神のためには使わないって変だけど、世の中ってそういうものだって、院長先生よく言っているじゃない」

「理解しているのならいい。それにしても、大神殿の首席神官から使者が来るとは驚いた。施療院に立ち寄った旅人が都の酒場で大層にしゃべったとしても、それが首席神官の耳に届くとは思えないんだが…。どうにも解せないな」

院長は首をひねった。

「あ、それはグレアム様が…」

アドリアニはグレアム・ミンターの話をした。

「なるほど。彼はそこまで行動力のある人だったか。だが、今の首席神官は――」

院長は何か引っかかることでもあるのか、眉間《みけん》に皺《しわ》を寄せて考え込む。

「首席神官がどうしたの？」

「いや、癖のある方だったが、私が神官だったのは昔のことだから…。旅立ちは明朝か。急だが、子供たちのことを考えると、これでよかったのかもしれない」

院長は話題を変えた。

「グレアム様に直接会ってお礼を言いたかったなぁ」

「ミンター家の子息は、自分のしたことを後悔しなければいいね」

アドリアニはきょとんとして、どうして？　と首を傾げた。

「君が大神殿に行ったと知ったら、自分はなんてことをしてしまったんだと頭を抱えるに決まっているだろ」

お嘆きになるでしょうね、とジュンも同意する。

「お父さんもお母さんも大袈裟《おおげさ》よ。お使者は援助の話を出さなかったから、グレアム様が知ったらがっかりなさると思うけど、私が巫女になるって聞いたら、きっと自分のことのように喜んでくださるはずよ」

「アドリアニ！　それ、本気で言っているのかい？　彼は君に求婚したんだよ」

院長は真面目《まじめ》な顔で問うた。

「ええ、グレアム様はお優しい方だもの」

アドリアニは不思議そうに言うと、院長夫妻はそろって微妙な顔をした。

首席神官に自分が話したことで、アドリアニは施療院から離れてグレアムの手の届かないところへ行ってしまう。それを知ったグレアムが自分の愚かな行動を呪《のろ》い、失意のどん底に落ちるだろうことは、彼の熱心な求婚を知っている誰もが想像できた。

同じ男として、院長はグレアムにいたく同情し、アドリアニは恋する男の心情をまったく汲み取っていないぞ、と声を大にして伝えたかった。

「お会いできないのが残念。私がとっても喜んでいたと、お父さんから伝えてね」

アドリアニが念を押すと、院長は項垂れて呟いた。

「ジュン、私たちは娘の育て方を間違えたんだろうか…」

「こんなに健康に育ててもらったわ。お父さんもお母さんも、たくさん愛してくれたわ」

捨て子の自分をここまで育ててくれたのだ。感謝しかない。

「そういうことじゃなくてね…。君は、もう少し男心を理解できるようにならないと」

「男心を理解って…、私は巫女になるのよ。今さらそんな必要ないと思うんだけど」

「どうかな。空の王は男性のお姿をしているのだから、お心も男性だと思うんだが…」

それを聞いたアドリアニは、竦《すく》められた院長の肩をはっしと摑んだ。

「お父さん！」

「なっ、なんだい」

「それ、一夜漬けでなんとかならないかな」

真剣なアドリアニに、院長は天井を見上げ、ジュンは声を上げて笑った。

アドリアニが巫女になる話はあっという間に村中を駆け巡り、急遽《きゅうきょ》、お別れの会が開かれた。子供たちはくっついて離れず、アドリアニは涙が出そうになったけれど、施療院の家族や別れを惜しむ村人と終始笑顔で話し、子供たちに囲まれて眠った。

期待と不安で胸をいっぱいにし、翌朝、アドリアニは住み慣れた施療院から旅立った。馬車を追いかけて走る子供たちの姿が、涙で見えなかった。どんどん遠ざかるその姿に、アドリアニは転ばないかとハラハラしながら、いつまでも手を振り続けたのだった。

大きくて立派な四頭立ての馬車の中は、小窓のついた板で二つに仕切られていて、使者は前のゆったり広々としたほうに乗り、アドリアニには後ろの狭い窮屈な席があてがわれた。

一度だけ仕切りの小窓が開き、泣き顔のアドリアニに不躾《ぶしつけ》で冷たい視線を向けた使者は、二度もこんなところまで足を運ぶ羽目になった、と嫌みを言った。これからのことをいろいろと尋ねたくても、小窓はすぐに閉められて二度と開かなかった。

「神官は院長先生みたいな穏やかな人ばかりじゃないのね。だったらひとりのほうが気楽」

横柄な使者なので、一緒にいたら気づまりだ。だが、施療院を離れるにつれ心細くなる。

アドリアニは、ポケットの中の組み紐を握りしめた。

昨日集まってくれた人たちに、少しずつ組んでもらったものだ。引きつれて幅が狭くなったり、模様が歪んだりしているけれど、温かい心がたくさん詰まっている。

院長は出発間際まで考え直せと言い続け、人前では最後まで反対の姿勢を崩さなかった。

「癒しの乙女よ、行っておいで。皆の思いを信じるんだよ」

馬車に乗り込んだアドリアニの耳元に、院長がそっと告げた言葉を胸に刻む。

「ええ、信じているわ」

街道は大神殿に向かう馬車や大勢の人々が、未だ列を成している。アドリアニの乗った大神殿の馬車が進むと、人々は道を譲った。

明日は神迎え日、五日間の例祭の初日だ。

村から出るのも、馬車に乗るのも初めてのアドリアニは、窓からずっと外を眺めていた。

都の中心部に入ってすぐ、旅人に話を聞いた大神殿が見えてきた。想像はしていたが、アドリアニの想像を絶する大きさだった。

「わあ…」

アドリアニは馬車の窓から身を乗り出さんばかりにして、白い大理石の大きな建物を見つめた。道の両脇にはたくさんの屋台が軒を連ね、多くの人々がたむろっている。近づくにつれ、いよいよ混雑してきて、馬車の進みは極端に遅くなった。

一万人以上が入れると聞いていた大神殿前の広場は、本当に広かった。グレアムが言ったように階段櫓《やぐら》が組まれ、垂れ幕やいろんな飾りつけが成されている。その前を、馬車は人波を縫うようにのろのろと進み、大神殿の裏側に着けられた。

到着した喜びに浸《ひた》る間もなく、使者に降りろと促される。小さな包みひとつを手にしたアドリアニは、目元だけ出た黒い被《かぶ》りものに黒い作務衣を着た女性二人に引き渡された。

「よろしくお願いします」

アドリアニが挨拶しても、女性神官らしき二人は言葉を発することなく、来い、というしぐさでひとりがアドリアニを先導し、後ろからもうひとりがついてくる。

歓迎されるなんて思ってなかったけど、想像していたのと違うわ。

ひんやりした大神殿内は静かだ。あちらこちらと視線をやったが人影すら見えない。足早に前を歩く女性の背中を、アドリアニは小走りになりながら追った。

黒衣の女性は扉の前で立ち止まり、装飾性のあるノッカーを打った。中から扉が開かれる。視線で入れと指示されたアドリアニは、ドアを開けた神官らしき男にぺこりと頭を下げ、荷物を抱えたまま中に入った。

そこは立派な調度品が並ぶ部屋だった。奥まった場所にある大きな机に男がひとり座っていて、羽ペンで何かを書いている。アドリアニが入っても顔を上げようとしない。男が身に着けている白地に豪華な縫い取りのあるローブは、肖像画の空の王よりも立派なローブだ。

立派というよりも、けばけばしいわ。部屋の調度品も無駄に贅沢《ぜいたく》なんだけど…。

「首席神官様だ。跪くのだ」

黒衣の女性に押されるようにして、アドリアニは跪かされた。

どうして跪かなければならないの？

神官も巫女も神の使徒だから敬いはするが、頭を下げたり跪いたりする対象ではない。巫女姫にも様はつけない。なのに、首席神官にはなぜ敬称をつけるのか。

「お前がアドリアニか。顔を上げよ」

「は、はい」

首席神官は院長より年上の、神官というよりは商人のような雰囲気の男だった。

「ほう…。これは美しいのう。これまで来たのが酷いのばかりだったからの、あまり期待していなかったが、これならば…」

目を細めて舐《な》めるようにアドリアニを見る。鳥肌が立った。まるで品定めしているかのようだ。アドリアニはこの目を知っていた。愛妾になれと言った貴族や商人たちと同じ目だった。

「お前にはやってもらうことがある」

首席神官の話を聞いていたアドリアニの顔は、次第に青ざめていった。


天を衝《つ》くようにそびえるレオネス山の頂には、年がら年中雲がかかっている。

非常に険しい山だ。中腹には切り立った崖《がけ》や奈落《ならく》のような岩の割れ目があり、頂上にたどり着いた者は誰もいない。まるで、そこから先は神の領域だと言わんばかりに、人が足を踏み入れるのを拒んでいる。

その山頂にある宮居《みやい》の中。

空の王は寝室の床に突っ伏して頭を抱え込んでいた。疲れて動くのが億劫《おっくう》だったのと、自分の脚にしがみついているものをどうしようかと考えていたのだ。

上体を起こして振り返り、深い溜息をつく。

「まるで猿《ましら》ではないか」

巫女姫が獣のように飛びついてくるとは思わなかった。

実際は、アドリアニが帯を踏んづけて転びそうになり、手の届くところにあった脚にしがみついたのだが、背を向けていた空の王は知る由《よし》もない。背後からいきなり襲いかかられたと思ったのだ。

脚を動かしてみると上手い具合に抜けそうだ。空の王は一本ずつゆっくり引き抜いた。

巫女姫、と空の王が思っているアドリアニは床に臥《が》したまま、身動《みじろ》ぎもしない。元結が切れ、結い上げてあった銀色の髪がほどけて床の上に広がっている。

儚《はかな》くなっているのでは、と空の王はアドリアニの口元に手をかざすと、ベール越しに規則正しく吐息が当たった。生きている。

「困ったな……」

生きているからではない。くっついてきてしまったアドリアニの処遇に困ったのだ。

大神殿からレオネス山まで単身飛ぶのも難儀なのに、ひとり連れて飛ぶのはもっと大変だ。意識すれば飛べないことはないけれど、飛ぼうとしている途中で不意を突かれたから、とっさに大きな力を使ってしまった。今はひとりで飛ぶ気力も残っていない。もう一度大神殿まで飛ぶ力を溜めるには、しばらくかかるだろう。

レオネス山から都の大神殿までは遠く、人の足では山を下りることもできない。となると、その間ここに置いておかなければならない。力が戻るのがいつになるのか、空の王自身にもわからないのだ。

「なんて厄介なんだ」

空の王はアドリアニに向かって吐き捨て、仰向《あおむ》けに寝そべった。煤《すす》けた天井を見ながら、ぽろりと愚痴が出る。

「あれが声に意識を向けたばっかりに……」

あれ、とは、水の王だ。水の王とは親しい間柄で、よく酒を酌《く》み交わした。娘の声が聞こえてきたあの時もそうだった。

耳を傾ければ、人の声はよく聞こえてくる。思念も拾い上げることができる。他愛のない話をしていたり、晩飯の献立はなんだろうと食べ物を思い浮かべていたり、人々の暮らしは手に取るように感じた。

あの娘の声を拾ったのは水の王だった。

娘の呟きはまるで呪詛《じゅそ》のようで、強い思念は妄執《もうしゅう》に近かった。娘は不思議な力を持っていたのだろう。強い思念によって力が増幅されたのかもしれない。

声に意識を向けた水の王はあっという間に搦《から》め捕《と》られ、水の王を救おうと手を伸ばした空の王まで一緒に捕らえられてしまったのだ。

姿を現した二神に、娘は嬉々《きき》として願いを告げた。

二神はリルド皇国に平和と安定をもたらすことで、娘の願いを叶えた。大した願いではなかったし、叶えれば呪縛《じゅばく》から解き放たれるからだ。一刻も早く娘から離れたかったのだ。

それなのに娘は、名のない二神に、空の王、水の王という名をつけ、リルドの神だと口にした。名がつき、神と呼ばれるようになったことで、二神はリルド皇国に縛られ、この地から動けなくなってしまったのだ。

娘はとうに亡くなった。骸《むくろ》は朽ち果て、強い思念も消え失《う》せたというのに、空の王は未だこの地に縛られている。

ただ、ここにあること。存在すること。

『われ思う、ゆえにわれあり』

だった、はずなのに…。

神とは——、あえて神と言い表すが、他者には無関心で自由気ままだ。神同士でも互いに干渉しない。しばらく姿が見えなくても、そのしばらくが人の一生の何倍もの時間であったとしても、神にとっては大した時間ではないので気にも留めない。二神が縛られているとは考えもしないのだ。

囚われの姫ならぬ、囚われの王子、もとい、囚われの神として、空の王は半ば諦め、無為にだらだらと過ごしてきた。

「囚われの神か。虚しい響きだ」

人というものは傲慢《ごうまん》だ。一度奇跡が起こると、二度三度あると期待し、人々は我も我もと空の王に祈りを捧げて願いを口にする。願いが叶わなければ人は恨みに転じるのだから、理不尽なものだ。

「だから人は嫌なのだ」

空の王は人々の声に心を動かされることはない。そもそも、リルド皇国を平和にしたのは己の自由のためで、人のためではないのだから。第一、もう自分にそんな力はないのだ。

「人は想像を絶することをするものだ」

空の王はむくっと起き上がり、アドリアニを見て呆《あき》れたように呟いた。

関《かか》わるとろくなことがないから、目を覚ますまで打ち捨てておけばいいと思った。だが、曲がりなりにも自分に対して祈りを捧げる巫女姫だ。望まない祈りだとしても、粗略に扱うのは…と考え直す。

空の王はゆっくり立ち上がった。思っていたよりも疲れていて身体がふらつく。頭を振って息をつくと、空の王はアドリアニを抱き上げた。

「軽いな」

宮には寝台はひとつだけだ。新たに創り出す力もないので、自分の寝台に寝かせるしかない。寝台は広いからなんの問題もない。アドリアニを寝かせ、自分もその隣に腰を下ろす。顔を覆っているベールが息苦しそうだ。落ちかけている簪や髪飾りを取って乱れた髪を指で払い、ベールを外してやる。

空の王は目を見張り、感嘆の声を上げた。

「美しい」

筆で山形になぞったような眉。すっと通った鼻筋に形のよい小鼻。ふっくらとした柔らかそうな唇。きらめく豊かな銀色の髪。

容姿が整っているのもあるが、生の息吹《いぶき》に満ち、いかにも健康そうだ。顔色が白っぽいのは、いきなり飛ばされたからだろう。

「美しい巫女姫もいるのだな」

巫女になる者はあまり整った容姿をしていない。醜女《しこめ》とまではいかないが、不思議な力を持って生まれてくる代わりに、美しさをどこかに置き忘れてきてしまうのだろうか、残念な容姿なのだ。あの娘もそうだった。

アドリアニの顔を眺めていると、美しい顔は笑った。

にんまり、と。

空の王は仰《の》け反《ぞ》った。美しさを損ねるものではないが、かわいいとは言い難い。

「せっかくの顔が台無しではないか」

アドリアニは眠ったまま頰《ほお》を赤らめ、ぶつぶつと何か呟きだした。聞き取ろうと顔を覗《のぞ》き込むと、呟きを止めて口を引き結ぶ。考え込んでいるような顔だ。眉間に皺を寄せてちょっぴり唇を尖らせたかと思うと、笑ったり、今度は怒ったように少し頰を膨らませたり、眠ったままくるくる表情が変わる。まるで百面相だ。

空の王はくすっと笑い、笑った自分に驚いた。久しく笑うことなどなかったからだ。

次にどんな顔をするのだろう、と興味を引かれ、もっと近づいて覗き込むと…。

なんとも慈悲深い笑みを浮かべていた。

「大神殿の巫女姫は人形のようなものではなかったのか…」

この巫女姫はどうだ。眠っているのに、生き生きとしている。

目が離せなくなった。白い頰も、目覚めれば桃色に色づき、果実のように仄かに甘い香りを漂わせそうだ。みずみずしい肌に、無性に触れたくなる。

意識のない者に触れたいと思ったことはなかった。美しい女は大勢知っているけれど、こんな衝動は初めてだった。

空の王は頬に触れようと手を伸ばし、触れる手前で躊躇った。

これは神に仕える穢《けが》れを知らぬ巫女だ、と。

「巫女に触れるのは…。いや、待て。巫女の神は私だ。巫女は私に仕えているのだから、つまり、巫女は私のものではないか」

無理やりな三段論法で理由を導き出すと、起こさないようにそおっと指先で頬に触れた。柔らかで、それでいて指先を押し返してくる弾力がある。掌《てのひら》で頬を包み込むと、温《ぬく》もりが伝わってきた。

「人肌とはこんなにも温かいものだったかな」

人に触れたのはいつだったかと考えていると、不意にアドリアニの右手が持ち上がった。悪戯《いたずら》を見とがめられた子供のように、空の王は慌てて手を引っ込めた。自分は何もしていないぞ、と澄まし顔であらぬ方向を見るが、アドリアニは眠ったままだった。

まるで何かを探しているように、手がふわふわと空中を漂う。飛んでいる虫を目で追うように白い手を追うと、目的の場所を見つけたとばかりに空の王の頭に置かれた。

「なっ！」

振り払おうとした瞬間、白い手は、親が我が子にするように優しく空の王の頭を撫でた。

空の王は戸惑った。そんなことをされたのは初めてだったのだ。愛《いと》おしむように撫でる手が、なんとも心地よい。疲れ切っていた身体が軽くなっていく。

「癒しの力か…」

ほうっと溜息をつき、空の王は目を細めた。

癒しの力のある娘を探した時期があったが、空の王を癒せるほどの力を持つ者は見つからなかった。だが、この手は間違いなく自分を癒してくれる。

大神殿に帰すつもりでいた気持ちがぐらつく。

「誰を撫でているつもりだ」

夢の中の誰かを撫でているのだ。この手が自分のものではないのだと思うと、苛立《いらだ》ちを覚える。だが、その苛立ちさえも、アドリアニの手によって瞬く間に消えていくから不思議だ。

「ここに置いておくか…」

頭を撫でられながら考え込んでいると、手の動きに変化が起きた。指先で確かめるように髪を触り始めたのだ。撫で方が次第に荒っぽくなってくると同時に、アドリアニは苦しそうに呻きだした。

「ううう……エリス…、もわもわ…」

「もわもわ？」

エリスとは人の名だろう。では、もわもわとはなんなのか。両手で髪をぐしゃぐしゃ掻き混ぜられながら、空の王は首をひねった。

起きろと声をかけても目を覚まさない。うわごとのように、もわもわ、を繰り返すばかりだ。無理やり連れて飛んだので、身体に悪い影響を及ぼしたのかもしれない。手元に置いておこうと決めたのに、乱心して死なれては困る。

「しっかりしろ！」

空の王はアドリアニの身体を揺すって、何度か頬を叩《たた》く。

「エリス！」

叫んだアドリアニがいきなり飛び起きた。

ゴン、という鈍い音と共に、空の王の目から火花が散った。

「やーい、ドリューの寝小便たれーっ！　おねしょばっかりしていると、おしっこと一緒に川に流れていってしまうぞ。どんぶらこ～、どんぶらこ～、ドリューが流されていくぞーっ」

サクサがドリューをからかうと、ドリューの泣き声がより一層大きくなる。

「もう、サクサったら、ゆっくりお祈りもできないじゃない」

今日も忙しくなりそうだ。

「平穏な一日になるよう力をお貸しください、空の王」

アドリアニは肖像画に膝を折ると、タペストリーを戻して自室を出る。

「おはよう、みんな。着替えたら井戸で顔を洗って、空の王と水の王にご挨拶なさい」

ドリューが泣きながらとぼとぼと歩いてくる。出ちゃったの？　と聞くと、ドリューは頷いた。六歳のドリューが頻繁におねしょをするのは、怖い記憶があるからだ。ドリューは覚えていないようだが、両親を野盗に殺されるところを見たのだ。

「そっかー。よし。まずは、お尻を洗わないと。エリス、ドリューをお願いね」

エリスは頷いてドリューの手を握った。

「アドリアニ、ドリューは昨日もおねしょしたんだぞ！」

サクサが言うと、ドリューの瞳に再び涙が滲んでくる。

「もうやめなさい。サクサは一番お兄さんなんだから、優しくしてあげてよ」

子供たちが動き出す中、サクサはふてくされた顔でアドリアニを見ている。

「アドリアニはいつもドリューを庇《かば》って、俺にはお兄さんなんだからって、怒ってばっかり！　優しくなんて絶対にしてやるもんか！」

「サクサ！」

「アドリアニの雷なんて怖くないやい！」

ふくれっ面で走り去っていく。最近言うことを聞いてくれなくなった。

「上手くいかないわ。難しいな」

年が明けたら、サクサは商家に住み込みで働くことが決まっている。本人の希望だが、屈託があるのかもしれない。

「私はどんなに望んでも巫女になれない」

アドリアニはサクサが羨《うらや》ましかった。

「空の王に会えたらなぁ…」

ありえないことも、想像だけはできる。

「金の錫杖を持つあの力強い腕で抱き寄せられて、広い胸に顔を埋《うず》めるの」

(アドリアニ、愛している)

「空の王が私に囁いて…」

(私の傍にいてくれ)

「求婚してくださったら、私、すぐにでも結婚する！」

自分で自分の身体を抱きしめて口元を緩ませていると、簡単服の背中を引っ張られた。びっくりして振り返るとエリスがいる。ひとり芝居を見られていたのだ。

「エリス！　う、あ……ドリューの着替えが終わったのね。ご苦労様。いつもありがとう」

赤らんだ顔をごまかすように早口で言うと、エリスは微笑んだ。まるで、幼い子供を見守る母親のような笑みだ。

不思議な子なのよね。

エリスはふとした時に大人びた表情を見せる。サクサより年下だが、女の子は男の子よりも早熟だからだろうか。落ち着きのあるエリスのほうがお姉さんのように見える。

私よりも年上っぽい時もあるもの…。

エリスはしゃべることができなかった。生まれながらなのか心因性なのか、診断は下っていない。耳は聞こえるので言葉は理解している。エリスはとても利口だ。言葉にできない分、表情としぐさで語ろうとする。だから大人びてくるのかもしれない。

孤児院に来てすぐ、アドリアニに懐いてくれた。仕事の手伝いを進んでしてくれるし、患者が亡くなって落ち込んでいると、傍に寄り添ってくれる。

孤児院で唯一の女の子だから、妹ができたみたいで嬉しかった。同じ銀色の髪に金色の瞳なので、親近感もあった。

いつか、かわいい声を聞かせてくれるといいな。

アドリアニたちの横を、サクサがどたどたと大きな足音を立てて歩いていった。

「サクサ、空の王と水の王にお祈りした？」

聞こえているはずなのに答えず、振り返りもしない。まだ腹を立てているのだ。

「大丈夫、心配しないで。サクサもわかってくれるわ。いい子だもの。ねっ」

悲しげな顔をしたエリスの頭を撫でると、掌に伝わる感触がいつもと違った。柔らかで真《ま》っ直《す》ぐな髪を撫でているはずなのに、うねりと弾力を感じるのだ。何度撫でてもさらさらな感触にならない。

「エリスの髪、もわもわしてる。どうして、もわもわなの？　やだっ、私の手が変なの？」

左手で触ってみても、もわもわだ。

「やっぱりこっちも、もわもわだわ」

必死に撫でていると、エリスはアドリアニを見上げて口をぱくぱくと動かした。

「もしかして、お話したいの？」

言葉でなくても構わない。声を聞かせてくれるだけでいい。

「なんでもいいのよ、言って。声を出してみて」

エリスの口が開いた。

「おいっ、しっかりしろ！」

かわいい口から洩れたのは、想像もしなかった低い男の声だった。

「エリス！」

アドリアニはエリスの顔を覗き込んだ。

ゴン、と音がして、アドリアニは額に衝撃を受けた。いったい何が起こったのかわからなかった。


「くうーっ…」

呻く声がしたので横を見れば、大きな男が頭を抱えてうずくまっている。

「ひっ」

アドリアニは痛む額を押さえ、いざりながら男から離れた。

誰、この人。エリスは？　エリスはどこにいったの？

アドリアニは慌てた。傍にいたはずのエリスがどこにもいないのだ。もう一度辺りを見回して、アドリアニは首をひねった。

ここは、どこ？

額の痛みが治まってくるとアドリアニは冷静さを取り戻し、混乱している記憶を整理した。

私は神の間にいたんだわ。そこで空の王を待っていたら、とうもろこし頭が…。

「とうもろこし！」

うずくまっているのは神の間に現れた男だと思い出した。つんのめって男にしがみついたのは覚えているが、あれからどうなったのか。

そうだ、この人の身体が消えて…。

自分の手を、腕を見て、頬に触った。

どこもおかしいところはなさそうだ、と何気なく上を見上げて驚いた。天蓋《てんがい》の枠があったのだ。

布はかかっていないけど…、あれは天蓋に違いないわ。施療院の屋根よりも高い天蓋なんてあるのね。じゃあ、ここって寝台？　なんて大きいの。私の部屋よりも広いわ。

天蓋がとても高い位置にあるので視界に入らず、自分が座っている場所が寝台だと思わなかったのだ。ふかふかで十人くらいが寝られそうだ。

祭壇も肖像画もなかった。神の間ではないようだ。何がなんだかわからないので、うずくまっている男に聞くしかない。

アドリアニは遠慮げに問うた。

「あのー、どうなさったんですか？」

「どうもこうも…」

男は呻きながらむっくりと起き上がった。額に手を当てている。

「頭が痛いんですか？　大丈夫ですか？」

「大丈夫なものか。お前が私の頭を摑んで頭突きをかましたんだぞ」

「うそ…」

そんな覚えはまったくなかった。エリスと話していて、頭を撫でていたのだ。

「嘘なものか！　私の頭を撫でていたかと思ったら、いきなり…」

「じゃあ、あのもわもわは、エリスじゃなかったのね」

撫でていたのはエリスの頭ではなく、とうもろこし頭だったのだ。

「じゃあ、あれは夢？」

かわいいエリスの口から低い男の声が出て仰天したが、この男の声が聞こえただけなのだと心底安堵する。

「あーよかった」

「何がいいものか。なんて石頭だ！」

叱《しか》られたアドリアニは、正座して身を縮めた。

「ごめんなさい。おでこ、痛かったですか？」

アドリアニは男の額をそっと撫でた。もわもわな髪の生え際辺りに、大きなたんこぶができている。

ううう…、痛そう。

「本当にごめんなさい。大丈夫ですか？　冷やしたほうがいいかしら」

まだ痛むのだろう。男はむっつりと口を引き結んでいる。触れても文句を言わないところを見ると、少しは痛みが引いているのだろうか。

「そうだ。ちょっと失礼します」

直接触れれば治まるかもしれないわ。私の手でよくなればいいけれど…。

アドリアニは右手で額を覆っている髪をかき上げ、現れた瞳に息を飲んだ。

「あ……」

美しい青の双玉だ。深く、濃く、それでいて澄んでいる。

「……空の、王」

こんなに青い瞳を持つ者はどこにもいない。とうもろこしの髪に無精髭を生やしているけれど、紛れもなく空の王だと思った。

アドリアニの顔が一気に赤く染まった。

なにしろ相手は神なのだ。憧れていた姿とはまったく違っていたとしても、だ。

空の王に触れちゃった！

慌てて手を引っ込めようとしたが、空の王に手を摑まれる。

空の王が私の手を摑んでる。もわもわだけど、空の王が…。

「お前は癒しの力があるのか？」

「あの…手を、手を離してください」

「もっと触れてもいいぞ」

空の王の声は弾んでいた。

「お許しください」

「許す？　何をだ。ああ、頭突きは許してやる。あれは不可抗力だった」

「すみません」

アドリアニは自分の手を取り戻すのを諦めて、夢に女の子が出てきたのだと説明した。

「エリスか」

「…はい。そうです」

自分が口走ったのを知らないアドリアニは、神は夢の中まで見えるのかと驚き、エリスの頭を撫でているつもりだったのだと詫びた。

「私に飛びついて押し倒したくせに、頭をちょっと撫でたくらいでそんなに恐縮することもなかろう」

アドリアニはぷるぷると震えた。身体に触れたどころではない。空の王にしがみつく、いや、体当たりするというとんでもないことをしでかしたのだ。

悲鳴を上げそうになって必死に飲み込む。これ以上、みっともない姿をさらしたくない。

どうしよう、たんこぶまで作っちゃった。

空の王に対してなんてことをしてしまったのか。穴があったら入りたいとはこのことだ。

アドリアニは逃げ出そうとして腰を上げ、手を摑まれているから逃げられないのだと諦めて腰を下ろし、また上げて、下ろす、を繰り返した。

血まみれになった怪我人が施療院に運ばれてきても、動じることなく治療の手伝いをするアドリアニは、村ではしっかり者で通っていた。こんなに動揺した姿を見たら、アドリアニを知る人たちは驚いただろう。

空の王をちらりと窺うと、空の王は破顔していた。

「お前はやっぱり面白いな」

「申し訳ございません」

手を掴まれたまま、アドリアニは柔らかな寝台に頭をつけて謝罪した。やっぱり、という言葉が気になったが聞くに聞けず、ひたすら頭を下げ続ける。

「何をしている。顔が見えないではないか。上げねば話もできん」

「できません」

無理、絶対に無理よ。とても上げられないわ。

「私の言うことが聞けんのか」

不機嫌そうな声が落ちてくる。

おずおずと顔を上げると、それでいい、と空の王は口元を綻ばせる。アドリアニは落ち着きを取り戻し、居住まいを正して尋ねた。

「…あなたは空の王なのですね」

「そう呼ばれている。こんな姿でがっかりしたか」

「は…っ…」

はい、と言いそうになり、左手で口を塞いだ。迂闊《うかつ》にもほどがある。機嫌を損ねたかと様子を窺うと、空の王は気にもしていないようだ。

「肖像画とは似ていないからな」

「はい、あ…いいえ、その…」

しどろもどろになった。お世辞にも似ているとは言えないのだ。

どう言えばいいの。

一番大きな違いは髪の色だ。とうもろこし頭と長い金髪ではまったく印象が違う。無精髭を剃《そ》ればもう少しマシに見えるだろうが、なにしろ身形《みなり》が酷すぎる。

「目の色は同じです」

ただひとつの類似点を上げると、空の王は愉快そうに笑った。

「素直でよい」

神はとても気さくなようだ。

想像していた通りの優しい方だわ。首席神官のほうがふんぞり返ってよっぽど偉ぶっていたのに。

威厳に満ちた神だったら、恐れ多くてカチカチに固まって彫像と化していただろうし、肖像画と同じ姿だったら、ぼうっとなってしまうか、興奮して右往左往するか、どちらにしても、こうして傍に座って会話する余裕などなかっただろう。

とっても失礼だけど、施療院に来た巡礼者だと思えばいいのよ。

身形は似たようなものだし、それならば、さして緊張することなく話ができるというものだ。

「おでこ、まだ痛いですか？」

「痛い。お前がもっと撫でてくれればよくなる」

冗談かと思ったが、空の王は至極真面目な顔で言った。

「そんなことならいくらでも」

身を乗り出すと空の王とまともに目が合い、アドリアニは視線を泳がせて俯いた。

「どうして俯く」

空の王はアドリアニの顔を覗き込んでくる。青い瞳にじっと見つめられると、どうにも落ち着かなくなる。

「神のお姿をジロジロ見てはいけないかと…」

その青い目は心臓に悪くて、とは言えない。

「変なところで遠慮するのだな。飛びついて私を押し倒してきたあの勇ましさはどこへ行った」

「う…、それは言わないでください」

瞳を隠すように手をかざし、空の王の額に両手を当てた。よくなりますように、と心の中で念じる。

よくなっているかしら。

空の王はじっとしたままだった。口角が上がっているので、たんこぶに触れても痛くはなさそうだが、いいとも悪いとも言わない。

「少しは治まりましたか？」

「とても気持ちがいい。お前には癒しの力があるのだな。痛みは消えたぞ」

「よかったぁ」

ほっとして手を離すと、空の王は残念そうな顔をする。

「もっと触っていてもいいぞ」

「深く反省しています。もう二度とあんなことはしませんから、許してください」

「不可抗力だと言っただろう。何度も謝るな。私に触るのが嫌なのか？」

拗《す》ねたような物言いがかわいらしい。

神をかわいいなんて言ったら失礼だけど、むくれた時のサクサみたいなんだもの。

青い瞳にもちょっぴり慣れた。

「そんなことはないです」

ならば、と空の王は笑み崩れた顔になって、アドリアニの手を掴んで自分の隣に引き寄せた。肩を並べて密着しているので腕や脚が触れる。

「空の王、できましたらもう少し離れていただけると…」

アドリアニが距離を置こうとすると、すぐに引き戻される。相手は神だから、下手に抵抗できない。

「遠慮するな。もっと傍に」

「とんでもない。恐れ多いことです」

「私は気にしないと言っている」

空の王はアドリアニの身体を持ち上げると、あろうことか、胡坐《あぐら》をかいた自分の脚の上に乗せた。

アドリアニは石造のように固まった。

えええーっ！　こんな…、こんなことってありえる、の？

いつも想像している夢の続きを見ているだけなのだろうか。

夢じゃない、現実よ。私は空の王の上に座っているのよぉ。

温もりを感じる。神も血肉が通っているのだということがわかる。確かに空の王の上に乗っているのだ。

信じられない。神をお尻《しり》で敷いているなんて…。

今日一日で、いったいどれだけの無礼を働いているのか。

「ほら、早く触れ」

神が望むのなら、素直に言うことを聞くしかない。

「は、はい。では、失礼して…」

生地越しではダメだと言うので、胸板や、首や、ローブの下に手を差し込んで肩などに触れる。身体が触れ合わないよう、できるだけ離れることを意識する。

「邪魔だな。脱ぐか」

「いいえ、そのままで！」

願いも虚しく、空の王はローブをあっさり脱ぎ捨てた。立派な上半身が露《あら》わになる。

ううう、どうして脱いじゃうの。

顔が火照ってくる。

施療院には男性の入院患者もいて、身体を拭いたり寝巻を着替えさせたりするのもアドリアニの仕事だ。裸を見る機会はいくらでもあるし、仕事なので気にしたこともなかったけれど、今は恥ずかしくて仕方がない。

神にも年齢があるのだろうか。見た目は二十代の半ばから三十代に入ったくらいの、アドリアニからすれば異性として意識する男性なのだ。そんな歳映《としば》えの、それも上半身裸の男性の膝の上に乗るのは、とんでもなく非常識な行為ではないか。

空の王を相手にして、様々な空想をしてきたことも、恥ずかしさを倍増させる要因になっていた。

乙女の妄想は、際限がない。なんにでもなれるし、好き勝手できる。

空の王が、巫女姫になったアドリアニの髪に触れる。頭を撫でる。頬を突っつく。抱きしめる。抱っこする。

そして、口づける。

いろんな場面を数え切れないくらい想像してきた。

口づけで止まっているのは、その先が未経験だからだ。口づけもしたことはないけれど、村の恋人たちがしているのを見たので、想像だけは膨らませられる。

患者さんには申し訳ないと思いつつ、怪我で施療院に来た荷運び青年の逞《たくま》しい身体を、空の王の代用品にしたりもした。実際の空の王のほうが、荷運びで鍛えた青年より均整が取れていて美しかったけれど…。

「うむ、いい気持ちだ」

「そ、そうですか…。よかったです」

肩や胸板を指先でなぞるように触れると、くすぐったいからもっとしっかり触れと注意される。

「はっ、はい、すみません」

すでに、神を尻で敷いているのだ。触るくらいたいしたことではない、と自分に発破をかける。

「もっとだ」

言われるがまま、むやみやたらとぺたぺた身体を触りまくると、空の王はご機嫌になった。

アドリアニを抱えたまま、楽しそうに身体を揺らし始める。ゆりかごに乗っているようだ。

「あの……、ここは大神殿の神の間ではないようなのですが、どこなのでしょう」

アドリアニは辺りを見回して問うた。

「私の宮があると言われているところだ」

「空の王の宮って…、レオネス山ですか？」

アドリアニは目を見張った。

大神殿からレオネス山までは遠い。徒歩で何ヶ月もかかると聞いたことがある。施療院から大神殿まで行くのも、例祭で道が混んでいたとはいえ、馬車で半日以上かかった。施療院のある村しか知らないアドリアニには、大神殿からレオネス山までの距離は想像もつかない。

「帰ろうとしていた私にお前が飛びついたからだ。一緒に連れてきてしまった」

その距離を、一瞬で飛んできてしまったのだ。

「あっという間に移動できるのですか？　すごーい！」

アドリアニが驚くと、空の王は不思議そうな顔をした。

「そうか？」

「すごいです！」

「そうか、すごいのか」

「はい！」

感心すると空の王は嬉しそうで、胸の奥が、きゅん、となる。

なに、これ…。

きゅんは、胸のときめきだ。

好きなのは肖像画の姿をした空の王だ。もわもわのどこにときめいたのか、自分でもわからないけれど、嬉しそうな空の王を見ていると、心の奥が温かくなってきて、アドリアニも嬉しくなるのだ。

神の間で見た時と、どこかが違っているからかもしれない。外見はまったく変わっていないが、何かが違うのだ。

くすみが取れた？

薄皮を一枚剝《は》いだ程度、と表現すべきだろうか。

「顔が赤いぞ」

「え？」

指摘されたアドリアニは両手で頰を押さえた。

「お前はかわいいな」

「あ、ありがとうございます」

「それに、美しい」

面と向かって言われ、ますます顔が赤くなった。恥ずかしくて、背中がむずむずする。

「よし、決めた。お前をずっとここに置いておくことにする」

「は？」

「大神殿に返すつもりでいたが、やめた。ここで私に仕えればいい」

「ここって、レオネス山の、この宮居で？」

空の王に仕えるのが夢だったのだ。絵姿とも、これまで思い描いてきた空の王ともまったく違う、ちょっぴり残念な外見ではあるけれど、本物の神に仕えられるのだ。願ってもない話だ。

「大神殿に戻りたいのか？　巫女に変わりはないではないか」

戻らないと覚悟を決めて施療院を出たのだ。憂いさえなくなれば、一生ここで仕えても構わない。

巫女じゃないと正直に話して、お力を貸してほしいと頼めば聞いてくださるかしら。お優しい方だもの。洗いざらい話せばきっと力を貸してくださるわ。

「ここで、空の王のお傍でお仕えします」

「真《まこと》か」

空の王の口元が緩んだ。

「でも、私の願いを聞いていただきたいのです。実は…っ…」

本題に入ろうとしたアドリアニは言葉に詰まった。空の王の表情が一変したのだ。笑みは瞬く間に消え、青い瞳がすうっと細められる。

「空の王…」

小さな声で呼ぶと、鋭い視線がアドリアニを貫く。アドリアニは空の王の腕の中で身を小さくした。

さっきまで笑っていらしたのに…。

虫の居所が悪くなったどころではない。ひんやりとした空気がアドリアニを取り巻いている。

「願いだと…」

冷ややかな声は怒気を含んでいた。

「私に願いを叶えろというのか」

アドリアニを見下ろす空の王の瞳には、嘲《あざけ》りまで浮かんでいる。逆鱗《げきりん》に触れるというが、まさにこれがそうなのかもしれない。

私は神の逆鱗に触れてしまったの？

あまりの変わり様に、怖くて身体が震えた。何が原因でこうなったのかわからない。だが、神の怒りを買っても、アドリアニは引くわけにはいかなかったのだ。

「お鎮まりください。話を聞いてください」

空の王の腕の中から飛び出し、空の王に向かって叩頭《こうとう》する。アドリアニは必死だった。

私しかいないんだもの。この機会を逃すわけにはいかないわ。

お願いします、と顔を上げて一心に見つめると、怒りがいくぶん治まった瞳で空の王はしばらくアドリアニを見ていたが、はっきりと言った。

「願いは聞かぬ」

「どうしてですか？」

「どうして？　では聞くが、どうして私が願いを聞いてやらなければならないのだ」

空の王は面白くなさそうに言った。

「……」

アドリアニは返答に困った。

考えたこともなかった。神に祈り、願いを口にするのは、当たり前のことだったのだ。

「私が神だからか。私を神にしたのは人だ。だから、人の言うことをなんでも聞かねばならんのか。人は願いさえすれば、神がなんでも叶えてくれると思っているのか？」

「なんでも叶うなんて思っていません」

一生懸命に願えば叶うかもしれない、とは思っているけれど…。

願いは、希望なのだ。

苦しくても、辛くても、いつかきっと、と希望があるから頑張れるのだ。希望を失ってしまったら、人はおしまいではないか。

だから人は神に祈る。祈って願う。神に叶えてもらうのではない。自分を奮い立たせるためなのだ。

「話を聞いてもくださらないのですか？」

「聞くだけ聞いて、神は願いを叶えてくれないと恨むだろう」

「聞いていただきたい理由があるんです」

「それを錦《にしき》の御旗《みはた》にするのか。人とは勝手なものだな」

アドリアニは唇を嚙みしめた。

「願いを聞いてやって、私にはどんな得がある？　まさか、一方的に享受できると思っているのではないだろうな」

「そんなつもりはありません。私は空の王のお傍に、ここに残ります」

「ほう、それが私への対価か。ならば、帰れと言ったら私に対価はないぞ」

どうする？　とにやりと笑う。

予想外の答えに、アドリアニはぐっと詰まった。

話せばきっとわかってもらえると思っていた。しかし、神に縋《すが》ろうとするのは身勝手で、独《ひと》り善《よ》がりな考えだと神は言う。

空の王のことばかり考えてきたアドリアニだったが、空の王が何を考えているか想像したことはなかったのだ。

アドリアニには打つ手がなくなった。

いいえ、打つ手はある。あるけれど…。

やりたくなかった。

忌々しい記憶に、アドリアニは眉根を寄せる。

あんな練習までさせられたのよ。あの時自分に誓ったじゃない。あれをすれば、空の王は話を聞いてくださるわ。

首席神官の命令に従うのは吝《やぶさ》かだが、こうなったら仕方がないと思った。

大神殿について早々、アドリアニの夢は打ち砕かれた。大神殿は院長が言っていた以上に、魔窟だったのだ。

居丈高な首席神官にやれと命令されたことは、とんでもないことだった。思い出すだけで憤ってしまうほどに。

「空の王を籠絡せよ」

首席神官はそう言った。

神を誑し込み、空の王の大神殿への寄進が増えるよう、せがめ、と言うのだ。

信仰する神を誑し込めなんてバカなことを、とアドリアニは呆れたが、首席神官は大真面目だった。

リルド皇国では近年豊漁が続き、海や水を司《つかさど》る水の王の大神殿への寄進が倍増しているらしい。かたや、大地を司る空の王の大神殿は例年通りの寄進しかなく、水の王の大神殿に大きく差をつけられていた。

水の王の首席神官の懐は潤っているのに、自分の懐にはさっぱり入ってこないのが空の王の首席神官は不満なようで、水の王の首席神官に対しての、妬《ねた》み、嫉《そね》みからの罵詈《ばり》雑言《ぞうごん》は耳を塞ぎたくなるほどだった。

二神の首席神官は大神殿を私物化して私腹を肥やし、それを当然のことと思っているようだった。短期の腰掛け巫女修行を受け入れるようになったのも、金が目当てだったのだ。

地方の小神殿の神官だった院長は医者の道に進み、ジュンと結婚後も実に慎《つつ》ましやかな暮らしぶりだった。そんな夫妻の暮らしぶりを見て育ったアドリアニは、神官は清貧を旨とするのだと信じていた。

だが、首席神官は違った。

驕慢《きょうまん》で貪婪《どんらん》。虚栄心も半端なく大きく、豪華絢爛《けんらん》なローブはその証《あかし》だ。敬うべき神に敬称はつけないのに、自分には『様』をつけさせるのが最たるものだろう。

「不思議な力を持っているのは醜女しかおらん。空の王も男神であるからの。巫女たちでは不満だろう。あんな者たちでは起《た》つものも起ちはしない」

首席神官は下卑た笑いを浮かべた。

「願いを叶えてもらうには供物が必要だ。お前なら神も喜ぶだろう」

アドリアニは美しく、癒しの力を持っている。

「話半分で聞いておったが、ミンターは嘘を言ってなかったようだな」

グレアムの話を聞いて、呼ぶつもりになったらしい。

「私には癒しの力なんてありません」

「ミンターはあると申しておったぞ」

「施療院に来る村人たちがそう話すだけで、グレアム様は誤解しているのです」

アドリアニは理解してもらおうと説明したが、首席神官は興味なさそうに、もうよい、と遮った。

「マルタの施療院の援助を増やしてほしいそうだな。お前が空の王を籠絡し、寄進が増えたら考えてやってもいい」

神が姿を現すだなんて嘘よ。取らぬ狸《たぬき》のなんとやらじゃないの。

アドリアニが疑いの目を向けたからか、首席神官はさらにこう続けた。

「信じておらんようだな。だが、神渡り日に空の王は神の間に来るのだ。あの神はなぜか、巫女姫には心を砕く」

空の王を籠絡なんてできるはずがない。神がそんな甘言に乗るはずがないし、巫女姫ではないとすぐに暴かれてしまうはずだ。

アドリアニが拒否すると、首席神官は脅しをかけてきた。

「お前の返事次第では、マルタの施療院もどうなるかわからんのう」

なんて卑怯《ひきょう》な！

首席神官は机の引き出しから木箱を取り出した。黒衣の女性は木箱を恭《うやうや》しく捧げ持ち、アドリアニの前で開けた。

中に入っていたものを見て、アドリアニは絶句した。

どうしてこんなものが。

「それが何か知っておるか」

知っているけれど、とても口にできなかった。首席神官の机の引き出しの中にそんなものが入っているのが信じられなかった。

それは、木で作られた、男性の一物だった。

削《けず》りたてなのか、形にそぐわないとてもいい木の香りが広がる。

ぽかんと口を開けて首席神官を見たアドリアニの様子に、首席神官は知らないのだと勘違いした。

「さっきの娘は知っていたが、お前は知らぬようだな」

さっきの娘って…。

騙されて呼び寄せられた娘が、自分の他にもいるのだろうか。

「これはな、男根だ」

首席神官は鼻の穴を膨らませた。

「空の王の一物だ。立派なものだろう」

立派なの、かしら…？

こう言ってはなんだが、肖像画に描かれている身体つきからすると、若干、いや、かなり小振りなのだ。

神の一物の大きさをどうして知っているのか。誰が見たのだろうか。

それに、なんか変な形だわ。

張型は怒張した状態を模《かたど》っていた。

施療院で亡くなった患者は、アドリアニが遺体を清めてから葬る。男性の裸も性器も目にする機会は幾度もあったが、昂《たかぶ》ると形が変わることをアドリアニは知らなかったのだ。

「空の王を慰めることを覚えろ。口で舐めるのだ」

口で？　あれを、舐めるの？

性交が、抱き合ったり口づけたりして互いの身体を求め合い、女性が男性を受け入れる行為だということは、漠然と知っている。それを経て子供ができることも。

出産の手伝いに行った際に、ジュンが女性の身体について説明してくれた。ちょうどその頃、アドリアニに初潮が来たからだろう。興味津々《しんしん》で性交について根掘り葉掘り聞いたけれど、適当にはぐらかされてしまい、具体的に何をするのかはわからずじまいだった。

こんなことをするのかな、あんなことをするのかな。いろいろと想像したけれど、口で舐める行為は、アドリアニの想像の域を大きくはみ出していたのだ。

「男はそれをされると悦《よろこ》ぶのだ。空の王も男神だからの」

女性と契《ちぎ》ることのない神官なのに、まるでその悦びを知っているかのように、首席神官は口を歪ませて笑った。

「やれ」

首席神官の命令が下ると、黒衣の女性二人がアドリアニの髪の毛を摑んで押さえつけ、頭を振って抵抗するアドリアニの口に、無理やり張型を押し込んだ。

「ぐっ…」

喉《のど》の奥まで突っ込まれたアドリアニはえずいた。それでも二人は容赦しない。張型を何度も奥まで出し入れした。

首席神官は腰を上げて机から身を乗り出し、目の色を変えて、苦悶《くもん》の表情を浮かべたアドリアニを見ていた。

「もっとうまく舌を使え。口を窄《すぼ》めろ」

張型に歯形をつけると怒鳴られ、次に歯形をつけたら前歯を抜いてやると脅された。顎《あご》が痛くなって、舌が痺《しび》れて麻痺《まひ》したようになるまで口淫《こういん》を強要された。

憧れの聖地がこれほど堕落していると知っていたら、アドリアニは足を踏み入れることはなかっただろう。だが、いったん中に入ってしまったら、二度と外には出られない。

一室に閉じ込められ、張型を咥《くわ》えさせられることばかりさせられた。素直に言われるがまま練習するしかなかったのだ。

口淫が上達しなければ、地獄のような時間が長引くだけだ。

それ以外の時間はひたすら空の王へ祈りを捧げ、夜は施療院を思い出して泣きながら眠った。

沐浴《もくよく》するのに部屋から連れ出された時、女性の啜《すす》り泣きを聞いた。自分と同じように連れてこられ、同じようなことをさせられている人たちではないかと気になっても、黒衣の女性に見張られているので探せず、大神殿から逃げ出すことも叶わなかった。

神渡り日の早朝。

アドリアニの練習の成果を、首席神官は鼻息を荒くして見ていた。

「修行の成果はあったようだな。空の王も喜ぶだろう」

褒められてこれほど嫌な気持ちになったことはない。

悔しくて涙が出そうになったが、首席神官の前では絶対に泣くまいと自分に言い聞かせた。

実物でやれと言われないだけ、マシなのだと自分を慰めた。神への供物だから、身体は穢さなかったのだろう。

「お前の口で空の王を誑かすのだ。できなければ、くっくっくっ……。その張型で私がお前の破瓜《はか》をしてやろう」

いやらしい目つきでアドリアニを見下ろした首席神官は、それを楽しみにしているような口ぶりだった。

その時、アドリアニは心に誓ったのだ。

こんな男の慰み者になんてなるものか。空の王が本当に降臨するならば、自分の身を捧げてでも、首席神官を罰してくださいと空の王に頼むのだ、と。

アドリアニは覚悟を決めた。

「空の王をお慰めします。それでは対価になりませんか」

「私を慰める？　ほう、どうやって慰めてくれるのだ」

図らずも空の王にくっついてレオネス山に来てしまった。

大神殿に戻らなければ、逃げ出したとみなされる。ここにいれば首席神官の慰み者にならなくて済むが、できることならば、啜り泣いていた女性たちを救いたかった。

施療院も気がかりだ。資金面ではない。施療院が大神殿の管轄から切り離されてしまうことだ。マルタの施療院は異端だ、と首席神官が一言言うだけで、誰も施療院に来なくなってしまうかもしれないのだ。

私の我儘が招いたのよ。私が大神殿に行きたいなんて言ったから、こんなことに…。施療院は絶対に守らなきゃ！　首席神官の暴挙を阻止するのよ！

アドリアニは真剣な表情で空の王ににじり寄ると、ズボンに手をかけた。

「何をする！」

止めようとする空の王の手をかいくぐり、強引にズボンを引きずり下ろす。

え…、全然違う！

露わになった空の王の一物に、アドリアニは衝撃を受けた。張型とは比べ物にならないほど大きい。

私の口に無理やり突っ込んだあれはなんだったのよ。首席神官の大嘘つき！

しかし、大きさに怯《ひる》んではいられない。散々練習させられたのだ。躊躇いはなかった。

アドリアニは空の王の脚の上に乗って、神の大きな一物を手にした。すると、空の王が呻いて身体を震わせた。

「やめんか。巫女がそのような…っ…」

思い切って先端部分を口に含む。

う…、なんか…へん。

嫌悪感はなくても、生々しい感触に戸惑う。弾力のある肉の塊は、木の張型とはまったく違うのだ。

「くう…っ」

アドリアニの頭に手を伸ばそうとしていた空の王は、息を詰めて動きを止めた。

「放せ。…触るな」

あれだけ触れと繰り返していた空の王が、触るなというのがおかしい。

なんとしてでも悦んでもらわなければ。

大きすぎて最初はまごついたものの、アドリアニは落ちついて一物に舌を絡ませた。自分でも不思議なくらい冷静だった。

「やめんかっ…バカ者！」

痛みをこらえる時のように浅く息をつき、空の王は切羽詰まった声でアドリアニを叱る。

柔らかな一物は瞬く間に固くなった。張型よりも大きいので、とてもじゃないがすべてを口腔《こうこう》に収めることはできない。手と口を使って愛撫《あいぶ》すると一物は応えるように脈打ち、さらに大きくなる。

張型はどんなに愛撫しても張型のままで、唾液《だえき》で湿っていくだけだったが、実際はこんなにも変化するものなのだと驚いた。

このまま続けたら、もっと変わるのかしら。

心ならずも習い覚えた通り、空の王を悦ばせることには成功しているようだ。

もっと悦んでもらえたら、願いを聞いてくれるわ。

「んっ、んっ…」

舌で舐めしゃぶり、唇で肉の塊をしごく。卑猥《ひわい》な音と、アドリアニの鼻から漏れる息が、交互に響く。

息苦しさを我慢しながらひたすら口淫を続けていると、先端から何かが滲み出してきた。アドリアニの口の中で、それは唾液と混ざり合っていく。

空の王を悦ばせようと懸命に奉仕するアドリアニの口の端からは、だらだらと唾液が流れ落ちて、とうもろこしの 叢《くさむら》 を濡《ぬ》れ光らせる。

一物はさらに膨れ上がった。

まだ大きくなるの？

唇の端が切れてしまいそうだ。

「ふうう…」

空の王は身体を震わせ、押さえ込むような声を発した。そして、アドリアニの頭を摑んで己《おの》が股間《こかん》から引き離そうとする。

アドリアニは離れまいと空の王の身体にしがみついたが、力ではかなわなかった。口腔から濡れそぼった一物がずるりと引きずり出され、口と一物の間に、名残惜しそうに唾液の糸が引いた。

はあっと息を吐くと、強い力で顎を掴まれた。見上げると、空の王が険しい顔で見下ろしている。どう見ても、怒っているようにしか見えない。

これをしたら悦ぶって…。

「空のお…きゃっ！」

空の王はもう一方の手でアドリアニの襟元を掴んで引き寄せると、顔を近づけた。

青の双玉が濃い色に変わっている。怒りからか。それとも、興奮からか。

「私はやめろと言ったぞ。自分のしたことを後悔するがいい」

囁くような言葉を聞いて前者だと気づいた時、アドリアニは空の王に唇を奪われていた。


願いを聞いてもらえるよう、悦ばせるつもりでした口淫は、失策だった。

あれは、進んでするようなことではなかったんだわ。

首席神官の言ったことはすべて眉唾《まゆつば》で、無知な自分が愚かだったのだと後悔しても、後の祭だ。

知っていたら、空の王の機嫌を損ねることはなかったのに、ジュン先生が教えてくれなかったから…。

知らないから、これから何が起こるのかと緊張する。失敗して、空の王をさらに怒らせるのではないかと怖くなる。

出産の手伝いに行った時にジュンが話してくれたのは、女性が男性を受け入れて子供ができるのだということだけだった。

「口づけするのよね」

「ええ」

「相手の人は抱きしめてくれる？　嬉しくなる？」

「きっと、ね」

「それからどうするの？　何をするの？　何をされるの？」

アドリアニは身を乗り出して問うた。

「どうするのかしらねぇ…」

ジュンは笑った。

「ジュン先生は知ってるんでしょ？　院長先生の奥さんなんだから、院長先生と、それをするんだよね」

ジュンは驚いて、ほんのり頬を赤らめた。

数年前は子供だった。大胆な質問を、恥じらいもなく平気でしていた。

じゃあ、今は大人なのかと自分に問えば、自信を持って答えられない。数日前までの自分だったら、大人だ、大人に決まっているじゃないか、と断言しただろうけれど…。

「詳しく教えて、ジュン先生」

「そうねぇ…」

「どんなの?」

矢継ぎ早に質問してもジュンははぐらかすばかりで、性交の具体的なやり方は何ひとつ教えてくれなかったのだ。

「アドリアニはお掃除も料理も繕いものも、子供たちや病人の世話もできるでしょ。なんでもできるしなんでも知っているのだから、ひとつくらい知らないことがあったほうがいいと思うの」

「怖くないの?」

「何も心配いらないわ。愛する人にすべて委《ゆだ》ねればいいのよ。怖くなくなるの。その時が来たら、あなたにもわかるわ」

ジュンは微笑むと、自分が繊細な硝子《ガラス》細工か砂糖細工にでもなったような気分になるわ、とつけ加えた。

アドリアニは納得できなかったけれど、それ以上聞いても教えてくれそうもないと諦めた。

ジュンはアドリアニが、素敵な男性と愛し愛されて結婚し、幸せになると思っていたのだろう。愛のない性交をするとは、ましてやその相手が神だとは考えもしなかったはずだ。それはアドリアニも同じだった。空の王に憧れて、恋焦がれて、身を捧げてもいいと思っていたけれど、夢物語を描いていただけで、現実になるとは思っていなかったから。アドリアニの心には少しだけ躊躇いがあった。好きなのは肖像画の空の王であって、実際の空の王は、自分が好きになった空の王ではないのだ。

そして、空の王もアドリアニを愛してはいないのだ。

だからといって、ここでやめてくれとは言えない。

このお姿が本当の空の王なのだし、今の私は拒否できる立場ではないのよ。怒らせてしまったのは自分だ。なんとか怒りを鎮めてもらい、願いを聞いてもらわなければならない。

寝台の上に広がった薄桃色の巫女装束の上で、アドリアニは白い裸体を晒《さら》していた。五色帯が寝台の下でとぐろを巻いている。花の刺繍が散らばった白薄絹の羽織りものは床に広がり、縫い目が裂けて袖が取れかけていた。空の王が力任せに引っ張ったからだ。

自分を見下ろす青い双眸《そうぼう》から目を逸《そ》らすと、噛みつくように唇を奪われた。髭がちくちくすると思ったのはほんの一瞬で、すぐさま肉厚な舌が口腔内に入り込んできて、髭の感触など考えていられなくなった。

空の王の舌はアドリアニの舌に絡みつき、アドリアニが口淫で覚えたのと同じような舌の動きでアドリアニの舌を刺激する。

逃げ隠れする場所はない。自分の口の中なのだ。とことん追い詰められる。

子供たちの頬に唇を当てる口づけとわけが違う。唇を合わせるだけが口づけではないのだと知った。

濃厚な口づけにぼうっとなっている間に、空の王は手妻《てづま》のような巧みさで帯をほどき、装束の合わせを左右に広げてアドリアニの身体を暴いた。

大きな身体が覆い被さってくる。顔を両手で包み込まれて再び唇を塞がれた。さっきよりももっと激しい口づけだ。

ジュンが言った、繊細な硝子細工を扱うように、とはとても思えない。荒々しくて、性急ですらあった。

「ん…っ…」

唇を食いちぎるのではないかと思うほど強く嚙まれ、吸われ、入り込んだ舌が口腔内をかき回す。舌先が頬の内側の粘膜を撫でるたびに、くすぐったいような、むず痒《がゆ》いような感覚が項《うなじ》から背中に向けて走り抜けていく。

息が…できない。

口づけとはこんなに苦しいものなのか。うっとりするものだと思っていたアドリアニは、これから先、もっと苦しい思いをするのかと怖くなった。

どこで息を継いでいいのかもわからない。口の端からは唾液が流れ出て、苦し紛れに空の王の身体に触れた。抵抗するつもりはないけれど、もう少し、ほんの少しでいいから優しくしてほしくて、軽く押したのだ。

しかし、アドリアニのささやかな希望は叶えられなかった。

空の王は口腔を犯したまま、右手をアドリアニの首筋、鎖骨へと滑らすと、乳房を強く摑んだ。パン生地でも捏《こ》ねるように、胸の膨らみを握りしめる。

アドリアニが強い痛みに身体を固くすると、手の力が緩み、張りのある乳房をやわやわと揉《も》み始めた。弾力を楽しむように、膨らみを弄《もてあそ》ぶのだ。

空の王はアドリアニの唇を解放し、右手の後を追って、首筋、鎖骨へと唇を這わせ、アドリアニの白い肌に赤い痕《あと》をつけていく。

無精髭に肌をくすぐられて身を震わせたが、膨らみの中央にある慎ましやかな尖りを摘《つ》まれ、無意識に声を放った。

「あぁぁ…ん…っ」

自分の口から漏れた声に、アドリアニは驚いた。甘えて、媚《こ》びるような、鼻にかかった声だったからだ。

指で押し潰《つぶ》したり、摘まんだりされたりすると、じんわりとした疼《うず》きが、乳房の丘を下って身体中に広がっていく。

「っ、んんっ……、あぁぁぁ…」

アドリアニは身悶《みもだ》え、快感を解き放つように喘《あえ》いでから、両手で自分の口を塞いだ。声が出ちゃう。

子供たちが抱きついてきた拍子に胸に手が当たったり、膝の上にだっこすれば、後頭部をぶつけたりするけれど、こんな感覚を覚えたことはない。

どうしてそんなふうになるのか、自分の身体が変なのか、空の王の力のせいなのか。肌の上を這いずる妖《あや》しい疼きに、声を抑えられないのだ。

空の王は尖った左乳首を指で転がしながら、右の乳首を口に含み、黙々とアドリアニを喘がせる。

アドリアニは胸の上にあるとうもろこし頭を両手で抱えた。やめさせるつもりで抱えたのではない。溺《おぼ》れる者は藁《わら》をも掴む、の心境だった。

だが、その行為はまたもや失敗だったようだ。

「やぁ…、っ…あっ…」

アドリアニが触れると空の王の愛撫は一層激しくなり、赤く色づいてぷくっと膨れた乳首を刺激する。

アドリアニは快感の大海原《おおうなばら》に、それも、荒れた大海原に放り込まれた。

「あ…ん…。ぅ…くぅ……」

乳房や腹や脇腹に、余すところなく唇が這っていく。

くすぐったさともどかしさが混ざった愛撫だ。アドリアニが身体を仰け反らせると、その場所には、執拗なくらいに口づけを落とし、強く吸い上げて、空の王はちりりとした痛みを刻んでいくのだ。

アドリアニの秘めたる場所は、とうに潤んでいた。意識しようがしまいが、勝手に蜜《みつ》が滲み出てくるのだ。

身体が熱くなるのと同じくして、全身が過敏になっていった。

空の王の指先が軽く肌に触れるだけで産毛が総毛立った。掌が肌の上を滑ると腹の奥が引き絞られるように疼き、疼きは下肢へと伝わり、蜜壺《みつつぼ》に蜜を蓄えていく。

脇腹や腹を撫でていた空の王の手が、銀色の叢へと向かう。柔らかな下草を指に絡めて楽しんでいるようだ。アドリアニは両の太腿《ふともも》を固く閉じていたが、ひとしきり下草で遊んだ空の王は、アドリアニの両の膝を軽々と持ち上げて左右に割開いた。

「あっ！」

反射的に足を閉じようとしても許されなかった。もっと大きく広げられ、あの場所が空の王の眼前に現れる。

「いやぁぁあっ！」

アドリアニの身体に満ちていた快感は、一瞬で吹き飛んだ。銀色の叢のさらに奥を、空の王が見ているのだ。

やだっ、そんなとこ、見ないで。

必死に願っても、視線があの場所を這っているのを感じる。

蜜壺はすでにいっぱいになって、秘めたる場所から流れ出している。

ジュンは言っていた。

人の身体って不思議なのよ。女性の身体は男性を受け入れられるように、ちゃんと準備するのよ、と。

どんなふうに準備されるのか、相手は何かするのか、自分は何をしなければならないのか、しつこいくらいに問うても、それ以上は笑って答えてくれなかったけれど…。

ジュンの話からするに、これではまるで、あの場所が空の王を待ち望んでいるようではないか。

見られていると思うと、蜜を滴らせている場所がぴくぴくしてしまう。腹の奥がきゅっと締めつけられ、新たな蜜がとろりと流れ出る。

ああ、どうして…。

アドリアニは顔を背けた。恥ずかしかった。恥ずかしくてたまらなかった。

「見ないで！」

淫《みだ》らな娘だと思われたくなかった。こんなのは自分の本当の姿ではないのだと言いたかった。

「いやっ、ちが、っぅ…」

叢の奥の、慎ましやかな花芽を空の王が摘まんだ。

「ひいっ」

喉の奥が詰まったような声が出て、きゅうと蜜壺が収縮する。花芽を指で捏ねるように弄《いじ》られると、身体が勝手にびくびくと跳ねてしまう。

「ダメ！　そんなと…こ、っ…」

こんなに恥ずかしいことをしなければならないのか。

だから、ジュン先生は言わなかったの？

空の王は強弱をつけて花芽を弄り、指で押し潰す。蜜壺の入り口を飾る花弁にも指を伸ばした。滴った蜜を掬《すく》い取り、くすぐるように花弁を弄くる。指が動くたび、くちゅっといやらしい音が響く。

両手で顔を覆った。卑猥な音を奏でてしまう身体が恨めしい。

花弁で遊んでいた指が、とうとう蜜壺の中に入り込んできた。

「そんなっ！」

痛みはない。身体の中に異物を感じるだけだが、なんとも言いようのない感覚に、アドリアニは慄《おのの》いた。

こんなの、ダメ。

空の王を止めようと、アドリアニは手を伸ばして上体を少し起こしたが、途端に蜜壺の中をかき回され、あえなく寝台へと倒れた。

指が動くたび、蜜壺は指を食《は》んだ。自分の意識とは切り離されてしまったのか、あの場所は別な生き物に変化してしまったように、勝手に蠢《うごめ》くのだ。

自分の身体なのに、自分のものではなく、空の王のための身体になっていく。

「やめてっ！　やぁぁ！」

やめてと言えば言うほど、空の王は指を出し入れする。指先が柔襞《やわひだ》を削ると、たまらない愉悦が襲ってくる。

「お願い！　もうっ」

アドリアニは銀色の髪を波打たせて頭を振り、哀願した。

「聞けぬな」

これまで一言も発していない空の王が、初めて口を開いた。

「空の王！」

「私が止めろと言っても止めなかったではないか」

「だって、わた、し…」

あれが最善の方法だと思ったのだ。

「ぁぁ…ふぅぅ…いゃぁぁぁ」

「かわいい顔でねだっても遅い」

空の王は蜜でしとどに濡れた花弁に唇を寄せ、ねろりと舐めた。

「…ぁ……ぁぁ…」

たまらない快感に、アドリアニは身体を震わせて目を大きく見開いた。秘めたる場所で、柔らかな舌先が不気味な生き物のようにくねくねと動いている。いやらしい水音を立てて、空の王の舌が蜜を舐め取っているのだ。

銀色の下草に鼻を埋めるようにして、花芽や花弁を舌先でひとしきり弄くると、蜜壺へと舌先をねじ込んだ。

「ひぃーっ!」

蜜壺の奥に舌が入り込んでくると、まるで喜んでいるかのように肉筒は蠢いた。舌を迎え入れようと、秘部がぱくぱくと開閉を繰り返す。

アドリアニは力を振り絞って上体をひねり、寝台の敷布を握りしめると、脱力した下肢を引きずって懸命に逃げようとした。

けれど、空の王はそれを許さなかった。臀部《でんぶ》を鷲掴《わしづか》みにして自分のほうへと引き寄せ、さらなる刺激を与える。

「なんて甘い香りだ。私を誘っているのだな」

舌と指の動きを助けるように、あの場所からはとめどなく蜜が溢《あふ》れ、空の王が啜り取る。アドリアニは抵抗できず、執拗な愛撫に身悶え、与えられる快感に咽《むせ》び泣いた。呼吸もままならず、このまま死んでしまうのではないかと思う。

朦朧《もうろう》としていると、熱いものが太腿の内側に触れた。

その熱をアドリアニは覚えていた。空の王の一物だ。大きく昂ったそれが、これから自分の身体の中に収められようとしているのだ。

怖かった。ジュンは怖くないと言ったけれど、アドリアニは怖くてたまらなかった。

空の王はアドリアニの両脚を抱え込んで、昂りを秘めたる場所にあてがう。

目が合った。青い双玉が睨《にら》むように見下ろしている。

やめて、という間も与えず、昂った塊が押し込まれる。

「……っ！」

異物が身体の中に入り込んでくるのが、はっきりとわかった。それなのに、なぜか痛みはまったく感じなかった。あんなに大きなものが身体の中に入ってきたというのに、だ。

神の力なのだろうか。

上体を倒してのしかかってくる空の王は、狭い肉筒を押し広げ、肉壁を削り、追い立てられるように昂りをさらに奥へとねじ込んでくる。

アドリアニは空の王の腕を掴んだ。無意識だった。柱や石でもいい、何かに掴まりたかっ

たのだ。アドリアニが触れると、空の王は切羽詰まったように収めきっていなかった部分を一気に押し込んだ。

「く……う、……ぅ……」

アドリアニは身体を仰け反らせた。身体の中身が上に押し上げられて、一瞬、息ができなくなる。声も出せないほど、身体の中が昂りでいっぱいになる。

灼熱《しゃくねつ》の塊が、鼓動していた。

空の王が私の中に……。

夢が現実になっている。なのに、ひとつになれた喜びも、ときめきもない。

ただ、空虚だった。

胸の奥にぽっかりと穴が空いてしまったようだ。

悲しくないのに涙が零れた。

「泣いているのか？」

「いいえ！」

泣いてなどいない。涙が零れただけだ。

涙を拭《ぬぐ》い、顔を見られないように空の王の胸に顔を埋めると、空の王の身体がぶるっと震えた。呼応するように昂りが大きくなって、肉筒をこれでもかと押し広げる。

涙を湛《たた》えた瞳で見上げると、険しい表情の空の王は何かに耐えるように息を吐いた。すかさず、収まっている昂りを引きずり出そうとする。アドリアニは空の王の身体を押さえようと強くしがみついたけれど、昂りは肉筒を擦《こす》りながら出ていく。

「ううう……」

昂りと一緒に身体の中身まで引きずり出されるようだ。

外に出ていった昂りが、再び突き入れられた。今度は肉筒に探りを入れるようにして、昂りは角度を変えて小刻みに肉壁を突いてくる。腰から背中に向かって何かが這い上がっていった。

「……はぁうっ！」

思わず声が出た。なぜそこを突かれると声が出るのかわからない。たまらない愉悦が身体の奥から立ち昇っていくのだ。

「やっ、そこ…、は……あぁっ！」

空の王は狙《ねら》いすませて執拗に突いてくる。突かれるたびに肉筒は蠢き、昂りを包み込んで締めつける。

「なんていいんだ」

あの場所は卑猥な音を盛大に立てていた。溜《た》まった蜜が昂りによって押し出されてくる。

蜜はアドリアニの敏感な肌を舐めながら、寝台にまで達した。

身体を揺さぶられ、アドリアニは髪を振り乱して嬌声《きようせい》を上げた。腰から下が蕩《とろ》け、耐え難い快感が全身を駆け巡っていく。

抱え上げられた足は、風に煽られた木の枝のように揺れて、張り詰めた乳房は奇妙な踊りを踊っている。

「あっ…、んっ、……んふぅ…、っ……やんっ」

動きが次第に速くなる。身体の中がぐちゃぐちゃになってしまうのではないかと思うほどに、激しく。

「あぁぁっ！　ひ…、つぅ…、あんっ、あっ…」

卑猥な音は昂りの動きと共に一層大きな音を響かせ、アドリアニを辱める。嬌声も小刻みに揺れ、二つの音が絡み合う。

助けて…。

大神殿からレオネス山の宮居に飛んできた時のように、身体が消えてなくなり、意識がどこかへ飛ばされていきそうだ。

アドリアニは空の王にしがみついた。だが、しがみつけばしがみつくほど、空の王の昂りは質量を増し、追い立てられているかのように、腰の動きも速まっていく。

「もう、やぁっ」

抵抗すると両の手を押さえ込まれ、空の王はさらにアドリアニを蹂躙《じゅうりん》する。

精も根も尽き果てていた。気が遠くなっていく。

荒い息遣いは自分のものなのか、空の王のものなのか。

昂りはいよいよ激しく出し入れされ、快感の峠《とうげ》を上りつめてしまったアドリアニに、過酷なほどの快楽を、空の王はさらに与えようとするのだ。

辺りが明るくなっていた。目を閉じているのに、瞼《まぶた》を通してもわかるほどの明るさだ。

ああ、なんてきれいなの。

空の王の昂りに最奥まで貫かれ、激しく身体を揺さぶられながら、愉悦に身悶えて意識は朦朧としていても、輝く光の粒が、自分の身体を包み込んでいるのがわかる。

神の間で見た、舞い踊る光の粒に囲まれているのだと思った。

見たかった。目を開けたら、どれほど美しい光景が目に入ってくるのだろうか。

さらさらと流れるように、空の王の指が肩や胸元をくすぐっていく。

もう、触らないで。

敏感になった肌は、微《かす》かな愛撫すら拾ってしまう。

ぼんやりした意識の中、ふと、思った。

空の王の両手はアドリアニの両手を摑んでいる。では、胸元をくすぐっているのは…。第三の手でもあるのか。

アドリアニは目を開けた。

眩《まばゆ》い光が目に飛び込んくる。思わず目を閉じ、もう一度うっすら目を開けると、辺り一面が光り輝いていた。のしかかっている空の王の姿さえもはっきりしない。

あまりの眩しさに顔を横に向けると、たくさんの金色の糸が見えた。

肩口や首筋をくすぐっていたのは、金糸だった。上から垂れた金糸の先端が、肌を撫でていたのだ。

この糸はどこから垂れているのだろう。

金糸の先をゆっくりと辿っていったアドリアニは、呆然《ぼうぜん》とした。

青い瞳、通った鼻筋、秀でた額、そして、金色の長い髪。

絵姿と同じ空の王の顔がそこにあった。肖像画と寸分違わず、いいや、もっと美しく光り輝く姿で、アドリアニを貫いているのだ。

う、そ…。

驚きのあまり、蜜壺が痙攣《けいれん》したようにきゅっと収縮した。

「く…っ」

空の王は呻いて動きを止めた。美しい顔が歪む。

「私を食いちぎる気か！」

アドリアニは何度も頭を振った。

食いちぎる気はないと否定したのではなく、こんなのありえないという意味で振ったのだ。

夢が現実となっていることに、頭の中がついていかない。

空の王が私を…。

視覚的効果は絶大だった。

全身が総毛立ち、アドリアニは一種の恐慌状態に陥った。空の王は動きを止めているのに、さらなる快感の波がアドリアニを襲う。

疲れ切っていた身体の奥から不思議な力が湧いてくる。まるで、繋がったあの場所から空の王の力が注ぎ込まれるようだ。

空の王はアドリアニの手を放し、今度は腰を鷲摑みにすると、より激しく腰を動かして抉《えぐ》るように昂りを突き入れてくる。

「ひぃ…っ……んっ、ふぅ……あ、あ、」

たまらない愉悦に、空の王の動きに合わせて腰を振ってしまう。

もっと、もっと奥へと空の王を誘うように…。

これまで与えられていた何倍もの快感が襲ってくる。

アドリアニは恍惚《こうこつ》の表情を浮かべた。

解放された両腕を伸ばすと、空の王が上体を倒して顔を近づけてくる。青い瞳に吸い込まれてしまいそうだ。

肖像画のような平面ではない。現存する姿が目の前にあるのだ。確かめたくて、掌で美しい顔を包み込む。

「ああ、空の王…」

間違いなく、そこに空の王がいる。

なんて美しいの。

ぽっかり穴が空いていた胸の奥に、歓喜が濁流となって流れ込んでくる。

嚙みつくような口づけを受け入れ、アドリアニは空の王を強く抱きしめた。

あれほど苦しかった口づけが心地よく感じ、アドリアニは自分から空の王の舌に自分の舌を絡ませた。

乳房を鷲摑みにされた痛みに身体を仰け反らせ、激しく突き上げてくる昂りの刺激に身を委ね、濃密な交合に空の王だけを感じていた。

アドリアニは高みへと一気に上り詰めた。


空の王は絶頂を迎えて興奮が静まると、真顔になってずるずると一物を引きずり出した。

その刺激だけで再び勢いづいてしまいそうになるのを、なんとか抑え込み、華奢《きゃしゃ》な身体を解放する。

荒い息が治まると、空の王は呆《ほう》けたような状態でしばらく座り込んでいた。

まるで、憑《つ》き物《もの》が落ちたように。

「こんなはずでは…」

ぽつりと呟く。

「なんたる不覚」

唸《うな》るように言って、髪をかき毟《むし》りながら寝台に突っ伏した。

ちらりと横を向くと、意識を失ったアドリアニがいた。体液で汚れた身体には、自分がつけた赤い印がいくつも残っている。

巫女を穢してしまった。

裸のまま寝台の上をごろごろ転がった。広い寝台なので、アドリアニが寝ている隣で空の王が転がっても、下に落ちることはない。ひとしきり転がると、仰向けに大の字になった。

「私のせいか。私が悪いのか…」

巫女姫がいきなり一物を摑むとは思わなかった。摑むだけでなく、口で愛撫するなどと想像できるだろうか。

「慰めがあれとは…」

己の分身にアドリアニが触れた瞬間、全身が沸騰するほど興奮した。やめろと口では拒否したけれど、白い手を跳ねのけられなかった。

しなやかな手と、柔らかな唇や舌で刺激された時の心地よさといったら…。

思い出すだけで下腹が引きつってくる。

「いかん」

むっくり起き上がると深呼吸を繰り返し、腰をとんとんと叩いて分身を宥《なだ》めた。

好色な神は大勢いる。神同士で睦《むつ》み合いもするし、人との性交ばかり好む神もいる。その点では空の王はかなり淡白なほうだったし、レオネス山に腰を据えてからは数えるほどしかしていない。山を下りるのも、相手を探すのも面倒なのだ。そんな苦労をするくらいなら、しなくてもいいと思っていた。それなのに…。

「どうしてだ」

自己嫌悪にどっぷり陥った。

口淫は巧みではあったけれど、流されるほどでもなかったはずだ。なのに、自制がまったく利かず、我を忘れてしまった。

白く美しい身体は、たまらなく魅力的だった。

柔らかな唇。張りのある肌。ふくよかな乳房は弾力があり、つくんと尖って色づいた乳首には、夢中になって舌を這わせ、舐めしゃぶった。髪と同じ銀色の下草は光り輝き、その奥の可憐《かれん》な花芽や花弁は蜜でしとどに濡れ、妖花《ようか》となって空の王を誘った。蜜壺から溢れ出す蜜は甘く、涸《か》れるまですべてを飲み干してしまいたかった。

一物に絡みついた肉の壁は貪欲で、抵抗するすべもなく陥落させられた。

空の王は眠っているアドリアニを見つめた。長い睫毛《まつげ》が影を落とす頬は上気したままだ。貪《むさぼ》った唇は赤く紅を引いたようで、狭間《はざま》から、真珠のような歯をうっすら覗かせている。

抱いたことを後悔しているのに、アドリアニを見ているとすぐにでもまた襲いかかって、蜜壺に一物を埋めたくなってしまう。

掌を上にした両手を、握って開いてと繰り返してみる。変哲のない、いつもの手だ。力を込めても光を放つことはなく、姿も元に戻ってしまった。

だが、絶頂に向かう時、本来の姿に戻ったのは幻ではなかった。もう二度と、戻れないだろうと諦めていたのに…。

「癒しの力の効力か」

アドリアニの愉悦が高まると、繋がったあの場所から濁流のように力が流れ込んできた。力は身体の深部に溜まり、指先どころか毛先にまで行き渡っていった。みなぎった力はアドリアニの身体へ、そして再び空の王へと巡り、姿が変化したのだ。

「主《あるじ》、いる」

「主、帰った」

少し開いた扉から二つの顔が覗いていた。空の王の姿を認めると、とことこと連れだって部屋の中に入ってくる。

よく似た顔立ちの二人は、象牙《ぞうげ》色の肌に黒い瞳、くるんとした黒髪の巻き毛で、五、六歳位の双子の男の子のような外見をしている。宮の雑用をさせる必要に迫られて作った二体の木偶《でく》だ。

「「主、すっぽんぽん」」

空の王はがっくりと肩を落とした。

「お前たち、また水鏡を覗いていたな」

水鏡は、両腕を広げたくらいの大きさの水盤に水を張ったものだ。リルド皇国のすべてを映し出すことができる。力があり余っていた頃に作った道具で、木偶たちはいつもそれで人々の暮らしを覗き見ては、変な言葉ばかり覚えるのだ。

リルド皇国から動けなくなった空の王は腐って、暇を持て余していた。

することもないので手慰みで子供の木偶を作り、人が子を産んで育てるように、木偶に言葉や知識など色々なことを教えて徐々に大きくしようと考えた。子育て体験をしてみようと思い立ったのだ。

それほど暇だったのだ、が…。

空の王は一ヶ月で音を上げた。

勝手気ままにちょろちょろ走り回り、木偶はまったく言うことを聞かなかったからだ。

最初から知識を与えて作らなかったことをとても後悔した。自由奔放な二体の木偶を相手に一ヶ月真面目につき合った自分を、褒め称《たた》えてほしいとまで思った。

力を与えながらひとつずつこんこんと教えれば、人の子のように覚えて利口になっていくはずなのに、空の王は上手くできなかった。

神も万能ではない。空の王は子育てに向いていなかったのだ。

そのうち力が失われて、木偶の身体を大きく作り変えたり、知識を植えつけたりすることができなくなってしまった。

煩わしいので消してしまおうか、とも思ったが、木偶を作れるほどの力はもう戻ってこないだろう。消してしまったら二度と作れない。無知な木偶でも、その手を必要とする時がある。長く一緒にいるので、なんとなく愛着も湧いている。

苛立つことは多々あるけれど、消すのはいつでもできる。なので、こうして宮の中に放置していた。

「すっぽんぽん」

「赤いつぶつぶ」

口づけの痕を指差され、脱ぎ捨ててあった自分のローブでアドリアニの身体を隠した。

「見るでない」

ついでに、汚れている身体を清めてやる。

「病気」

「悪い」

口づけの痕を、病気だと思っているのだ。

「病気ではない」

木偶は勝手に寝台によじ登ってくる。

「お世話」

「介抱」

「だから、病気ではないと言っているだろう」

木偶は不思議そうな顔をして、空の王を見た。

「つるつる」

「すべすべ」

「つるつるすべすべとはなんだ」

ひとりは頬を、ひとりに顎を撫でている。

空の王が顎に手をやると、無精髭が心持ち薄くなっていた。木偶が言うような、つるつるすべすべではないが、どうしたことだろうか。

「鏡…」

顔を見ようと腰を上げ、座り直す。宮には一枚もないことを思い出したのだ。情けない自分の姿が見たくなくて、だいぶ前に処分してしまった。

リルド皇国の地に縛られた空の王は、ゆっくりと力が失われていくと同時に、容貌《ようぼう》も変化した。

最初は身体から放たれていた光だった。力を表す光が弱くなり、強く意識しないと発光しなくなった。

次は髪の色だ。金色の髪に艶《つや》がなくなりだし、色が変わった。真っ直ぐだった髪にはうねりが出て、とうもろこしのヒゲを寄せ集めたようになってしまったのだ。長いままだと絡まって大変ので、短く切ってしまった。髭も生えてきた。不思議なことに、ある程度までしか伸びないので放置したままだ。

身につけているものも変わった。力によって形作られているので、力がなくなっていくごとにうらぶれてしまった。見栄えが悪いことこの上ない。

錫杖も創り出すことができなくなった。

宮居の輝きも当然失われた。建物全体がみすぼらしく、陰鬱《いんうつ》なものになっている。

「銀色」

「きらきら」

木偶はアドリアニの横にちょこんと正座して、美しい銀色の髪の毛先におっかなびっくり触れている。

「若い」

「きれい」

「花嫁」

「新婚」

「初夜」

「やめんか！　そんな言葉ばかり覚えるんじゃない」

この後どんな言葉が出てくるのか恐ろしくなる。

声を張り上げると、木偶はそろって頭を振り、口の前に人差し指を立て、しーっ、と眉を顰《ひそ》めた。煩《うるさ》いというのだ。

「なぜ私が叱られる」

納得できない。

「病気、違う」

「元気」

「暮らす」

「花嫁さん」

という結論に、木偶たちは達したようだ。

「私は結婚などしない」

空の王には結婚という概念がない。

「花嫁さん、きれい」

「主、つるつる」

「ふむ」

空の王は考えた。

アドリアニを抱いて、ほんの一時だったが姿が戻った。こんなことは初めてだった。アドリアニには癒しの力があるのは間違いない。アドリアニがいれば、力が復活するのではないか。

ローブからほっそりした白い手がはみ出している。空の王はその手を握ってみた。眠っているからか、触れても何も感じないけれど、この手が触れるととても気持ちいいのだ。

思い出してうっとりと目を閉じる。

起きたらまた頭を撫でてくれるだろうか。力ずくで犯してしまった自分に触れてくれるだろうか。

だが、目覚めれば、大神殿に帰りたいと言うだろう。

疲れはすっかり取れていた。これならアドリアニを連れて大神殿に飛び、また戻ってこられる。

「花嫁さん、くる」

「主、つるつる」

連れて飛ばなければ、アドリアニはこの宮にいるしかない。人の足ではレオネス山を下ることはできないのだ。

「妻にすればいいか」

空の王は名案だと思った。


目を開けるとすぐ傍に幼い顔がふたつ、寝台に肘をついてアドリアニを覗き込んでいた。黒髪に、黒目がちの大きな瞳のとてもよく似た二人だ。

新しく孤児院に来た子かしら。双子？

ぱちぱちと瞬《まばた》きを何度か繰り返し、霞《かすみ》のかかった頭の中で考えて、そんな話は聞いていないと思った。

「花嫁さん、起きた」

「花嫁さん、きれい」

起き上がろうとして身体に違和感を覚えた。そして、自分の痴態を思い出し愕然《がくぜん》とした。かあっと顔が赤くなり、かけてあった敷布に潜《もぐ》り込む。

私、空の王と…。

想像していたのとはまったく違っていた。

生々しかった。苦しかった。強引にあの場所を暴かれて、貫かれて、死んじゃうと思った。けれど…。

気持ちよくて、身体が蕩けてしまうのではないかとも思った。空の王にしがみつき、空の王の動きに合わせて腰を振った。気が遠くなって、高みに登っていくようだった。

あんなのって、あんなのって、卑怯だわ！　もわもわだったのに。

金の絹糸のような髪は滑らかで柔らかく、辺りには光の粒がきらきらと舞って、光に包まれた空の王の顔は、本当に美しかった。

美しい顔がすぐ近くにあって、青い瞳が私を見ていて、それに、空の王のあれが…。

未だ、灼熱の大きな塊に貫かれているような気がする。思い出すと、あの場所が疼いてしまう。

「ううう…」

もじもじしたくなるのを我慢して、アドリアニは呻いた。

「花嫁さん、辛い」

「花嫁さん、病気」

片言の問いかけに、アドリアニは敷布から顔を出した。幼い顔が見下ろしている。

「大丈夫。なんでもないよ」

笑顔で答えてみたものの、ここは空の王の宮だったはずだ。この子たちは誰なの？　と思った。

　気を失ってどのくらい寝ていたのか…。薄ぼんやりとした明るさの部屋には窓がないので、宮に来てどのくらい経っているのかがわからない。首席神官の部屋には金色の立派な置時計があったけれど、この部屋に調度品は一切ないのだ。

「あなたたちは、誰？　空の王は？」

　二人はきょとんとした顔をした。

「私はアドリアニ。お名前は？」

「「お名前？」」

　二人はそろって首を傾げる。よくわかっていないようだ。

「私の名前は、ア、ド、リ、ア、ニ。私は、アドリアニ、よ」

　自分を指差して、名前を言うのを繰り返す。

「アドリアニ」

「花嫁さん、アドリアニ」

「そう、アドリアニよ」

「「アドリアニよ」」

「よ、はいらないの」

　アドリアニは笑った。

「『花嫁さん、笑った』」

二人も笑った。

「かわいいなぁ。だけど、花嫁さんってなんだろう？　誰かと間違えているのかしら。ドリューかエリスくらいの齢だと思うけど……」

言葉の遅い子はいる。こちらの言うことは理解していても、上手く言葉を紡げないのだ。

「物怖《ものお》じしないのに、自分の名前が言えないのは珍しいわね。困ったな」

話しかけるともじもじしたり、逃げてしまったり、引っ込み思案な子もいるけれど、五歳程度なら、自分の名前くらいは言えるものだ。

「じゃあ、空の王はどこにいらっしゃるの？」

二人は、空の王？　とまた首を傾げた。空の王の宮にいるのに知らないのだろうか。

「空の王という名前じゃないのかな。あのね、この宮の……んー、どう言えばいいのかな。そうだ、主は？　ここの主はどこにいらっしゃるの？」

「主、知ってる」

「主、そこ」

二人はアドリアニの後ろを指差した。

「え？」

頭を上げて振り返ると、寝台の端に空の王が長々と寝そべっていた。面白いものを見るような顔をしてアドリアニたちを見ている。

「起きたか」

「は、は……い……」

アドリアニは身体にかかっていた布を急いで身体に巻きつけ、上体を起こした。

子供たちに気を取られていたのと、広すぎる寝台のせいで、あんなに大きな身体が横たわっているのにまったく気づかなかったのだ。

もわもわに、戻っちゃってる。あれは夢だったのかしら……。

神々しく美しい姿になったはずだった。自分を抱いていたのは絵姿と同じ空の王だった。美しい姿の空の王に身を捧げたいと思っていたから、意識が朦朧としている間、幻影を見たのだろうか。

いいえ、滑らかな金糸のような髪や、光の粒は紛れもなく現実だったわ。

眩しい光に包まれた後、アドリアニは気を失った。通常そうなるものなのか、自分だけが特別だったのか、ジュンは何も教えてくれなかったのでわからないけれど……。

妙なのは、身体にまったく疲れを感じていないことだ。

全力で駆け続けたように息も絶え絶えになったのに、身体中が悲鳴を上げるほど——実際に悲鳴を上げていたけれど、疲労が溜まっていてもおかしくないはずなのに、爽快感と言えばいいのだろうか、はたまた、美味《おい》しい夕食を食べてからゆっくり湯浴《ゆあ》みをし、たっぷり睡眠を取った翌朝のような充足感とでも言うのだろうか、体力、気力とも、今までにないくらいに充実しているのだ。

さらに、身体が清められていることも気になった。

いったい誰が…。

幼い子が下働きとして使われることはあるとはいえ、してくれたのがこの無邪気な子供たちだったのなら、申し訳ないことだと思うし恥ずかしいし、もしも空の王だとしたら…。

そんなこと聞くに聞けないわ！

「身体は大丈夫なようだな」

声には労《いたわ》りを感じる。機嫌は悪くないようだ。

アドリアニは安堵し、空の王の顔を見た。

もわもわに戻っていてよかったかも…。

空の王が美しい姿のままだったら、会話などしてはいられなかっただろう。

「この子たちは…」

子供たちに視線を移して問うた。

「木偶だ」

「でく…？」

でく、とはなんだろう。

「木偶は人形だ。私が作った」

アドリアニの疑問に答えるように、空の王は言った。

「人形！」

黒い瞳でアドリアニを見上げている子供たちは、とても人形には見えない。頬はふっくら艶々としていて愛らしく、片言の言葉もしゃべるし表情もある。

何年か前に、ネジを巻いて動くからくり人形を見せてもらったことがある。足を交互に動かして歩き、首をゆっくり振り、右手を上げる三つの動作を繰り返す人形だ。

ひとりでに動くのには驚いたけど、見た目は人形そのものだったし、動きもぎこちなかったわ。でも、この子たちはどう見ても人の子にしか見えないんだけど……。

アドリアニは木偶の頭にそっと触れた。ちゃんと髪の毛の感触だ。くるんとした黒髪は柔らかでふわふわしていて、エリスやドリューとなんら変わらない。ただ、温もりがないように感じた。冷たくはないが、暖かくもない。例えるなら、木や布に触れているようなのだ。

「「もっと」」

頭から手を離すとせがんでくる。

「もっと撫でてほしいの？」

木偶はこっくりと頷く。そろいの動作が微笑ましい。

「いいわよ」

撫でてもらうのが嬉しいのか、木偶は猫や犬の仔《こ》みたいに頭を掌に擦りつける。人形が動いているのだが、ちっとも怖くない。たった数日間とはいえ、施療院の子供たちと離れていたアドリアニには、木偶がかわいくてたまらなかった。

「うふふ」

両手で等しく黒髪をかき回していると、いきなり腰を摑まれて身体が後ろに引っ張られた。空の王がアドリアニを抱き寄せたのだ。

「私を無視するな」

無視していたわけではない。木偶たちに熱中していて、存在を忘れていたのだ。

「お前はアドリアニと言うのか」

「はい」

身体が密着すると、胸のどきどきが激しくなって、息が苦しくなる。この腕に抱かれていたのだと思うと、身体が熱くなってきてしまう。

落ち着くのよ。きらきらじゃなくて、もわもわなんだから。

両膝をぐっとくっつけ、下腹に力を入れる。そうしないと、あの場所がうずうずしてくるのだ。

アドリアニが自分の身体を持て余しているのを見透かしてか、空の王は乳房に悪戯を仕掛けてくる。

「触らないで」

抗《あらが》っても、軽く揉まれるだけで疼きが増して力が抜けてしまう。太腿を擦り合わせて必死に身体を宥めると、空の王はローブの生地を押し上げている敏感な乳首に触れた。

「そこは……っ！」

「もう尖ったのか。それとも、尖ったままだったのか？」

「んぅふ…ぅ…」

爪先でローブ越しに乳首の先端を削られて、甘い声が零れてしまう。

「お前はいい匂《にお》いがする」

後頭部を空の王に擦りつけて快感を受け流そうとすれば、空の王は手慰みのように乳首を弄りながら、匂いをくんくんと嗅《か》ぎだした。旋毛《つむじ》や首筋に当たる吐息がくすぐったくて、産毛が総毛立つ。

「きっ…と、髪油の…匂いで、す」

「髪ではない」

アドリアニは空の王の手を摑んで引き剝がし、自分の胸を両腕で庇った。

「では、白粉かも…ぅ、…ひゃっ」

一難去ってまた一難。今度は肩口に鼻面を突っ込んできた。項にもわもわの髪が当たり、くすぐったくて仕方がない。

「白粉はこんなにいい匂いだったかな…」

高価な白粉を普段使いするのは、貴婦人や貴族の令嬢、商家の娘など、裕福な家の女性だけだ。市井《しせい》の女性は自分の結婚式に奮発するぐらいで、それだって、一生に一度だからとかなり無理をして買うのだ。

空の王が白粉の香りを知っているのは、そういう相手がいたということだ。

そうよね。いないほうがおかしいもの。

胸の奥がちくっと痛くなる。

お相手なんて気にしてどうするの。この方は空の王だけど、私が好きな空の王じゃないんだから。

痛みを奥にしまい込み、腕の中から泳ぐようにして抜け出すと、敷布を摑まれた。

「子供たちが見てます」

「見てくれは子供でも、これらは作ってからだいぶ経っている。お前よりも年上だ。気にすることはない」

「気にします！　齢は関係ありません。外見同様、この子たちは何も知らない子供と同じです。教育に悪いです！」

「教育？」

瞠目《どうもく》した空の王の隙《すき》を突いて力ずくで敷布を引っ張ると、ビリッと裂けた。大きいので敷布だと思っていたが…。

「や、破いちゃった。……これ、空の王のローブじゃないですか。ごめんなさい。繕います。針と糸はないですか？」

「構わん。それはもう必要ない」

空の王はちゃんとローブを身に着けている。金の刺繍はないけれど、真新しいローブだ。

こんなにきれいなのがあるなら、ボロボロのなんか着なきゃいいのに。そしたらもっと素敵に……、素敵に？

「これらが見ていなければいいのか？」

素敵に、を頭の中から追いやり、アドリアニはローブを身体にしっかり巻きつけると空の王に向き直った。正面から顔を見ると、どこか違っている。

あら、お顔が…。お髭が少しだけ薄くなってるような…。いっそのこと全部剃ってしまえばよかったのに、中途半端ね。

「私の話を聞いてくださる約束でした」

「約束したか？」

「対価を払えば話を聞いてくださると…」

「言ったか？　言ってはおらん。そんな話をする前にお前は、強引に私の一物を口に…」

「きゃーっ！」

アドリアニは空の王の口を両手で塞いだ。

空の王はくっくっくっと笑い、アドリアニの手を剝がして髭が薄くなった頰に移動させ、顔を近づけると小声で続けた。

「含んで愛撫したではないか。覚えておらんのか？」

真っ赤になったアドリアニは、自分の手を取り戻して顔を覆った。自分からあんなことをしてしまった。空の王に抱かれることになってしまったのだ。今でこそ、とんでもないことをしてしまったと反省しきりだが、あの時は冷静に、しなければならないと考えた。願いを叶えてもらわなければという使命感に燃えていたのだ。

そうよ、恥ずかしがってなんかいられないわ。ここで諦めてどうするの。

「話だけでも聞いてください」

空の王が何か言う前に、首席神官が金儲《かねもう》けに走って大神殿を穢していること、巫女にしてやると偽って娘を集め、不埒《ふらち》な行いをしている可能性があること、大神殿は聖地ではなくなっていることなどを早口で伝えた。

「大神殿は悪の巣窟《そうくつ》になっています」

「だから？」

「空の王の、あなたの大神殿なのですよ」

アドリアニが訴えると、空の王は呆れた顔をした。

「救うのが当然だと言いたいのか。私の大神殿だと？　あれは私が建てろと言ったのでも、祀《まつ》れと言ったのでもない。人が勝手に建て、勝手に祀っただけだ。あそこで何をしようが、何が起きようが、私の知るところではない」

肩を竦める空の王に、アドリアニは反論できなかった。ぐうの音も出ないほど、正論だったからだ。

神の意志を目の当たりにしたアドリアニはがっかりした。

空の王は大神殿に関心がないのだ。大神殿だけではない。人に興味がないのだ。これではいくら頼んでも首を縦に振ることはないだろう。

神とはそういう存在なのかもしれない。リルド皇国を救ったのは、ほんの気まぐれに過ぎなかったのだ。

私が恋していた空の王は、どこにもいないのね……。

凛々しく堂々たるお姿で、かっこよくて、美しくて。悪を退治する正義の味方。きっとこんなお声でこんなふうにお話になるのだろう、とか、こんなしぐさをなさるはずだとか、飽きることなく想像してきた。

アドリアニを愛してくれる優しい空の王は、自分が作り出した都合のいい幻だったのだ。

「大神殿のことなど、どうでもいいではないか」

「よくありません」

「お前は大神殿に捨てられたのだぞ」

「捨てられたとは、どういう意味ですか？」

アドリアニが聞き返すと、空の王は怪訝《けげん》な顔をした。

「あの場にいたのはなぜだ」

首席神官に命じられ、籠絡するために空の王を待っていたなどと口が裂けても言えない。アドリアニにその気がなかったとはいえ、自分から空の王の一物を口にしてしまったのだ。何を言っても言い訳にしかならないし、張型で口淫を強要されたことまで、打ち明けなければならなくなる。

そんなこと言えない。練習していたなんて、軽蔑《けいべつ》されてしまうわ。でも、……軽蔑されるだけマシかもしれないわね。気に留めもしないわ。

自分で考えていて悲しくなってくる。

空の王も、大神殿も、巫女も、思い描いてきたものとは何もかもが違っていた。夢と現実は違うと理解していたつもりだったが、何もわかってはいなかったのだ。

大切にしてきたたくさんの夢や希望が、どんどん流れ出ていってしまう。これらが全部なくなってしまったら…。

私にはいったい何が残るのかしら。

「巫女姫は、それほど大神殿が大切か」

「巫女姫は大神殿の象徴ですもの。大切に思っていらっしゃるでしょう」

「他人事のように言うのだな。自分のことであろうに」

アドリアニは躊躇いがちに答えた。

「……私は、巫女姫ではありません」

「ただの巫女か」

「…巫女でもありません」

「なんだ、巫女でもないのか」

アドリアニは凍りついた。自分に価値がないと言われたようなものだ。はっきりと口にされるのは辛い。

生娘《きむすめ》のアドリアニが身を捧げるまで思い詰め、実際そうしたことも、空の王にとってはどうでもいいことなのだ。

平気、平気よ。私がお慕いしていた空の王ではないけれど、空の王に初めてを捧げられたんだもの。首席神官に嬲《なぶ》られる前に、夢が叶ったのよ。十分じゃない。

はあっと息を吐くと、涙が零れそうになる。

「アドリアニ、泣いてる」

「主、泣かした」

「私は何もしておらん。……いや、何もしていないことはない、な」

「主、悪い」

「主、意地悪」

木偶たちは空の王を指差した。

「指を差すな。意地悪ではない。あれは…」

「「あれ、なに？」」

「あれは、だな…」

木偶の追及に、空の王は言葉に詰まった。

「なんでもないのよ。空の王は…、主は意地悪なんてなさらないわ。違うのよ。ちょっと目にゴミが入っただけ」

頭を撫でると、木偶は嬉しそうに目を細める。

「巫女でもないのに、大神殿や巫女姫を気遣うのはなぜだ」

「私の憧れだったのです」

「悪の巣窟に憧れていたのか？」

空の王は呆れたように言った。

堕落した大神殿の巫女に、なれなくてよかったのだ。

空の王に憧れていたと告白したら、なんておっしゃるかしら。

鼻で笑うのではないか。

「大神殿がそんなところだとは知らなかったのです。私だけでなく、リルド国民は皆知らないはずです」

「ならば、大神殿のことなど捨て置けばいいではないか」

皇王ですら大神殿には口を出さないのだ。アドリアニができることなどないのかもしれない。

だけど、このままほうっておいてもいいの？

自分だけが助かればいいのか。自分のように騙されて集められた娘たちがいるかもしれないのだ。彼女たちはどうなるのか。

「私は戻らねばなりません」

「巫女でもないお前が大神殿に戻ってどうするのだ」

「大神殿でなくてもいいのです。都に、私がいた施療院に戻してください」

院長先生に相談すれば、何か手立てを考えてくれるわ。

「アドリアニ、帰る」

「アドリアニ、いない」

「ごめんね」

悲しそうな顔を見ていると、アドリアニも悲しくなってくる。

「帰さんぞ」

空の王の手が身体に巻きつけてあったローブに伸びた。

「あっ」

ローブを剝ぎ取られる。破り取ったと言ったほうがいいかもしれない。ローブを引っ張られた反動で、アドリアニは寝台の中央にごろんと投げ出された。

「お前を妻にすることにしたのだ」

「はい？」

とても変な言葉が聞こえたのだけど、聞き間違えかしら。

空の王は満面の笑みを浮かべている。相変わらず、もわもわで目は隠れているけれど、髭が薄くなったからか表情は読み取れるのだ。

「今、なんっておっしゃったの？」

「さっきよりももっとよくしてやろう」

「いえ、そうではなくて、あの、私を何にすると…」

「妻だ」

「つ、ま？　妻…？　妻って…、え？　え？　えええええーっ！」

空の王に求婚される夢は何度も見た。

手の甲に口づけしながら、抱き上げられながら、跪きながら。

アドリアニは夢多き乙女だったけれど、寝台の上にすっぽんぽんの状態で転がされて、求婚される空想はしたことがなかった。

求婚してもらってないんだけど。なんで事後承諾みたいになってるの？

「そんなに嬉しいのか。そうか」

「あまりに急なお話で…、その…」

「お前が寝ている間に思いついた。なかなかいい案だろう」

何がいい案なの。求婚もされてないのに、嬉しくもなんともないわ。

身体を撫で回し始める空の王の手を、一生懸命に振り払う。

「子供たちの前で、こんなことは…」

「これらは子供ではないと言ったではないか」

「いいえ、無垢《むく》な子供です。あなたの僕《しもべ》ではないですか」

すぐ傍にいて、木偶は興味津々の瞳でアドリアニと空の王を見ている。

「花嫁さん」

「妻」

「「どっち？」」

「どちらも同じだ。確かにこれらが近くにいるとうるさいな」

空の王が木偶に向かって手をかざすと、二人は糸の切れた操り人形のように崩れ落ちた。

「なにを……」

アドリアニは唖然とした。

「あの子たちに何をしたのです！」

木偶の傍に行こうとする前に、空の王はアドリアニの両手を捉《とら》えて寝台に縫いつける。

「邪魔だからだ」

木偶たちは寝台の端で折り重なるように倒れたまま、ピクリとも動かない。

「なんてことを…、あなたを主と慕っていたのに…」

人に興味がないと言っても、神には慈悲があると思っていた。リルド皇国を救ったのは神の気まぐれだったとしても、どこかに人を憐《あわ》れむ心があったからだと。

なのに、木偶とはいえ、こうもあっさり命を奪ってしまうとは。

「あんまりです！」

「たかが木偶ではないか」

二人はただの道具なのだ。

「私も邪魔になったら、あの子たちと同じようになさるのですか」

「お前の言っている意味がよくわからん。さあ、我が妻よ。その手で私に触れてくれ」

押さえつけていた手が放された。

「嫌です！　妻になんてなりません！」

両手を握りしめ、触らないと意思表示する。

「どうしたのだ」

アドリアニが悲しんでいることも、怒っていることも、空の王はわからないようだ。

「大切にしてやるというのに」

「こんなの、大切にしているなんて言いません」

「妻よ、我儘を言うな」

空の王は力ずくでアドリアニの両脚を広げた。力では到底かなわない。叢の奥を晒されたアドリアニは身を捩《よじ》った。

「いや…っ…くっ」

受け入れて間が経っていない秘部は潤んだままだ。空の王は難なく指を突き入れて、アドリアニの敏感な場所を狙い打つ。

「あああっ！」

「ここがいいのは知っているぞ」

肉襞をぐいぐい押されるたびに、腰が勝手に跳ねる。

「うぅぅっっっ…」

秘部の入り口がぴくぴくと蠢いている。肉筒は指を締めつけ、枯れ果てたはずの蜜が再び溢れてくる。

愛されなくてもいい。それを神に求めはしない。

妻でなくても、空の王が美しい姿でなくても、労りと、ほんの少しの好意が感じられたなら、アドリアニは喜びに浸れただろうし、何度求められても、身体を開くことを厭《いと》わなかっただろう。

「やめて！」

抵抗も虚しく、両脚が抱え上げられる。

身体を繋ぐだけでなく、心を繋いでほしかった。自分を見てほしかった。身体だけでなく、心までねじ伏せるように抱かれるのは、嫌だった。

こんなの、首席神官と同じじゃない！

昴りが秘部に埋め込まれる。

「あぁぁぁぁ……」

熱い昴りに貫かれ、快感が身体の中を走り抜けていく。心は嫌だと言っているのに、素直に応えてしまう身体が恨めしい。

揺さぶられ、肉筒を擦られると、身体は愉悦に犯されていくけれど…。

心は冷めていく一方だった。

アドリアニの金色の瞳から、悲しみの涙が零れ落ちた。

空の王は自分の両手を眺めていた。

力は戻っていない。今度は姿が変化しなかった。アドリアニと深く繋がっても、力が湧いてくることはなかったのだ。

「強引に抱いたからか」

それは一度目も同じだ。

アドリアニを妻にしようと決めたのは、力を復活させるためにアドリアニの不思議な力が必要だからだ。妻にすれば傍に置いておける。アドリアニの白い手があれば、元の力が復活すると思ってのことだった。

「なぜだ」

アドリアニは嬌声を上げ、一度目と同じように快感に咽び、涙を流してしがみついてきたではないか。

「抱くだけではダメなのか」

性的な興奮はあった。アドリアニの裸体は魅力的だ。銀の髪に縁取られた顔は美しく、白く滑らかな肌は練絹《ねりぎぬ》のような手触りだ。ふくよかで形のよい乳房、折れそうに細い腰、まろみを帯びた臀部は成熟する一歩手前の果実だが、抱けば甘い芳香を放って空の王を惑わせるのだ。

分身はすぐに昂り、執拗にアドリアニを求めたのに、ちっとも満たされなかった。

アドリアニに頭を撫でられた時のほうがぞくぞくした。心地よくてうっとりして、ふわふわ漂ってしまいそうなほど何倍も気持ちがよかった。

触れることには変わらないのに、何が違うというのだろうか。

頬に手をやると、ざりざりした感触が掌に当たった。無精髭は変わらずに生えている。今度はきれいさっぱり消えると楽しみにしていたが、まったく変わっていない。

「もう戻らないのか…」

さらなる力が欲しいのではない。ただ、元に戻りたいだけなのだ。

青白い顔でアドリアニは眠っている。散々攻めてしまったので、疲れ果てたのだろう。長い睫毛は揺らぎもしない。

アドリアニの顔を見ていると、悪いことをしたような気になってくる。

「何が悪い。私は神なのだぞ。人が私を神と決めたのだから、人は神に従えばいいではないか」

空の王は顔を顰《しか》めた。神と呼ばれることを嫌っているのに、自ら神と口にしてしまったのだと、言い訳をしている己に腹が立ったのだ。

「神か…」

自嘲《じちょう》した空の王は、己れの属する世界に思いを馳《は》せた。

人の世界と同じく、神には神の世界がある。神を統《す》べる神の王が、さらなる高みに存在するらしいが、空の王は会ったことはないし、その存在も定かではない。けれど、自分を生み出したのが神の王なのだということだけは知っている。神々は、神の王から漏れ出た力が元となっていること、余力によって新たな神を生み出していること、そして、疫を撒《ま》き散らすようになった神を、神の王が消し去ってしまうことも……。

神々は自由奔放で、囚われることを良しとしない。

海の底、大河の中、山の頂、森の奥、砂漠の中央といった、人のいない場所に居を構える者もいれば、行きたいところに行き、根なし草のように世界を巡る者もいる。

人と交わるのが好きなものは人の世で暮らし、人との間に子を生《な》したり、齢を経たように見せかけたりして暮らすこともある。

だが、大抵はひとつところに長く滞在することはない。人にとっては何十年、しかし、神にとっては一、二日程度の時間が過ぎると、そこから離れたくなってしまうのだ。

中には、土地神となるもの、神殿や依代《よりしろ》と共にあるもの、個人のために存在するものと、自ら望んで土地や人や物に縛られる神もいるけれど、稀《まれ》な存在だ。縛られることで徐々に力が失われ、いつしか消滅してしまうのだから。

それでも、縛られたいと、縛られてもいいと思う何かがあるのだろう。空の王には理解できないことだけれど…。

神々同士、どこかで出会えば挨拶くらいはするし、ひとしきり語り合いもするけれど、基本的には他神の動向に注意を払わないので、ある時を境に姿がまったく見えなくなったとしても、気にも留めない。

空の王がリルドに縛られていることも、他神は気づいていない。だから、とうに諦めていた。このまま朽ち果てるのだと思っていた。

そこに、アドリアニが現れた。癒しの力を持つ者が。

戻れると期待したから、成果がないと落ち込んでしまう。

「落ち込んでなどおらん」

呟いてみて、誰に言い訳する必要があるのか、と苛立った。

アドリアニの乱れた銀色の髪を整え、手をかざして身体を清めてやる。ついでに、寝台の汚れも浄化する。このくらいの力はあるが、この程度の力しかないのだ。

アドリアニの太腿に痣《あざ》を見つけ、空の王は頭を抱えた。

無体なことをするつもりはなかったのだ。力が欲しくて、アドリアニの不思議な力を求めただけだったのに…。

古いローブは引っ張った拍子に破れてしまったから、羽織っていたローブを脱いで裸体を覆ってやる。気まずくてアドリアニから顔を背けると、木偶が目に入った。

「木偶ごときに泣くとは」

アドリアニは木偶を気にかけていた。木偶が動きを止めた時、まるで人の子が死ぬのを見たような顔をした。

「だいたい木偶ばかりで……」

空の王は口を閉ざした。

私をほうっておくからだ、と言いそうになり、言葉を飲み込んだ。まるで木偶に嫉妬《しっと》しているようだったから。

しかし、木偶を心配するアドリアニに腹を立てたのは確かなのだ。

「目が覚めて木偶の様子を見たら、アドリアニは泣くだろうか…。このままにしておくつもりはなかったのだ…」

木偶は言うことを聞かない。傍にいて邪魔するのが目に見えていたから、動きを止めたのだ。アドリアニの癒しで力が得られるだろうから、後で元に戻してやるつもりだった。

「私だってこれらに情はある」

木偶に手をかざす。少しだけ力を送り込んでおけば、アドリアニの癒しの手が触れた時に動きだすだろう。力の余分はあまりないのだ。

「妻なのに、私を信じなかったちょっとした罰だ」

空の王はアドリアニにちょっとだけ意趣返しをした。

アドリアニが目を覚ますと空の王の姿はなかった。どこかほっとしている自分がいる。

身体を包むように、きれいなローブがかけられていた。

「空の王がかけてくださったのかしら、あ…」

声が掠《かす》れていた。初めての時は辛いと聞いたことがあるけれど、二度目のほうが辛くなるのだろうか。疲れていて身動ぐのも億劫だ。

汚れているはずの身体がまた、湯浴みをしたようにさらりとしている。

「空の王が洗ってくださったのかしら…」

力を使って清めたと知らないアドリアニは、申し訳ないと思った。

お礼を言うべきか、いや、汚したのは空の王なのだから、と羞恥《しゅうち》に頬を染めて葛藤《かっとう》していると、寝台の端に、崩れ落ちた時のまま倒れている子供たちに気づいた。

アドリアニはなんとか身を起こし、ローブを羽織って裸体に巻きつけて木偶ににじり寄る。

「せっかく与えた命なのに、どうして…」

木偶はピクリとも動かない。重なった身体を並べて横たえ、頬に触れた。

「かわいそうに…」

空の王の作った木偶だ。生きていたのではないとわかっていても、崩れ落ちて動かなくなった様子は、命が失われたような衝撃だった。かわいい声で自分の名を呼んでくれた木偶たちに、アドリアニは愛情を感じていたのだ。

涙ぐみながら頭を撫でていると、木偶の目がぱちっと開いた。まるで目覚めたように、二人は同時に起き上がる。

「ああ、生きてる」

人形が動き出したにすぎないのだが、アドリアニにはそう思えた。嬉しくて木偶を強く抱きしめる。

「よかった」

「「アドリアニ」」

二人は腕の中でジタバタした。

「ああ、ごめんなさい。苦しかった？　痛かった？」

「苦しい、ない」

「痛い、ない」

木偶は苦しくも痛くもないのだろうか。

「アドリアニ、泣く」

「アドリアニ、辛い」

「辛くて泣いてるんじゃないの。嬉しいから泣いてるの」

施療院を離れてから、辛いことや悲しいことばかりが重なって、涙腺《るいせん》が開いてばかりだったけれど、今は嬉しくて泣いているのだ。

「いつもは泣いたりしないのよ」

この子たちの命が奪われなかったことが、本当に嬉しかったのだ。

「もしかして、空の王は最初からそのつもりだった…？」

二度と動かないと、人が死を迎えるのと同じだと思ったのは勘違いだったのでは、怒りをぶつけてしまったのは間違いだったのではないか。

「空の王、怒ってるよね。絶対、怒ってるよね…」

アドリアニは項垂れた。空の王に詫《わ》びなければならないけれど、合わせる顔がない。

「ちゃんと謝らないと」

首を傾げて見ている木偶の肩を摑んだ。

「空の王はどこかに行かれたの？　空の王じゃわからないんだったっけ。宮の主は出かけられたのかしら」

「主、出ない」

「主、いる」

木偶は寝台からぴょんと飛び下りると、とことこと走って部屋から出ていってしまった。

「呼びに行ってくれたのかしら」

広い寝室は静かだ。アドリアニはぽつねんと座っていた。ここに来てひとりになったのは初めてだ。

「あの子たち、早く戻ってこないかな」

大神殿でも、夜になると施療院のことを思い出した。院長夫妻や子供たち、入院患者がいて、大勢に囲まれて暮らすのが当たり前だったから、人の気配がまったく感じられないところはどうにも苦手だ。

「他にどなたかいないのかな」

空の王と木偶以外に、空の王の身の回りの世話をする誰かがいるかもしれない。

空の王の宮に来て、寝台の上から一歩も出ていなかった。木偶が出ていった扉の向こうが気になったアドリアニは、見てみようと寝台から下りた。

扉を開けると、石畳の廊下が果てしなく伸びていた。

「これは…。どうなってるの？」

真っ直ぐな廊下の先が見えない。絢爛《けんらん》豪華な宮を想像していたが、石造りの宮は、薄暗く、陰鬱《いんうつ》としていて、尾羽打ち枯らした様子はあまりに違いすぎた。寝台のある部屋も薄汚れた感が否めない。決して汚れているとかではないけれど…。

「大神殿のほうが立派じゃない」

木偶の姿はなかった。アドリアニは暗い廊下を恐る恐る進んだ。宮はとてつもなく広いようだ。途中、右に左に廊下が伸びているのだが、その先も同じように先が見えず、迂闊に歩くと戻れなくなりそうだ。

「どっちに行ったのかしら」

少し行った先に木の扉があった。扉らしきものはそれしか見当たらない。他人の家を覗くようで後ろめたかったが、扉をノックしてみた。しばらく待ったが返事がない。

アドリアニはそっと扉を開けた。

こぢんまりした部屋だった。空の王の寝室と比べると、だが。

部屋の中には、寝台と椅子や机や箪笥《たんす》などの家具が使い勝手よく配置されていた。床には敷物が敷かれ、クッションがいくつも積み上がり、寝具も敷物もクッションも、丁子《ちょうじ》で染めつけたような色調で纏められている。

「どれも、とてもいい色に染まっているわ」

組み紐の糸を染めているからわかる。ムラなく染めるのは大変なのだ。

濃く染めたクッションは、淡く染めた敷物の上に置くと映える。色の濃さもいくつかあって、使っていても飽きが来ないように気配りされている。寝具は敷物よりも薄く白に近い色合いに染められていて、清潔感を損なわないようにしてある。

ひと目見て女性の部屋だとわかった。

寝台は整えられている。まったく使われていないように見えるが、誰かがこの部屋で暮していたのは間違いないだろう。

「誰の部屋かしら」

中に入ろうとした時、木偶たちの声が聞こえた。アドリアニは丁子の部屋の扉を閉めて、足早に空の王の寝室へと戻った。寝台に座り、何食わぬ顔で子供たちが戻ってくるのを待った。

あの部屋を使っていた、もしくは使っているのは、女性に違いない。その女性は、空の王とどういう関係なのだろうか。誰にせよ部屋を見る限り、空の王がその人をとても気遣っていることはわかる。

「奥方様？　そうよね。いてもおかしくないもの」

これまで一度も考えなかった。空の王と結婚する夢まで見ていたのだから。

皇王も貴族も大商人も、正妻はひとりでも愛妾は何人も持っていたりする。神に妻子と愛妾がいても不思議ではない。

「貴族みたいに大勢いるのかしら」

扉が開いて、空の王だけが入ってきた。

「大勢とは、なんだ」

聞かれていると思わなかったアドリアニは、飛び上がるくらいに驚いた。なんでもありませんとごまかし、謝罪しなければと神妙な面持ちで床に跪く。

「空の王、申し訳ありませんでした」

「いきなりどうした」

「怒っていらっしゃいますよね」

「私がか？　怒っていたのはお前ではないか。とにかく立て。跪くのが好きなのか？　話もできん」

空の王はアドリアニの腕を掴んで引きずり上げるようにして寝台に座らせ、自分も隣に腰かけた。

「私、勘違いしていました。空の王があの子たちに…」

殺したと言う表現はおかしいので、無体なことをしたと思ったのだ、と言った。

「私を信じていないのだな」

「……」

信じていますとは言えなかった。信じていなければならない神を疑ったのだ。

「そう思っても仕方がないだろうよ」

「申し訳ありません」

「もうよい」

「でも…、ごめんなさい」

項垂れていると、空の王はアドリアニの頤《おとがい》を摑んで上向かせた。

「悪いと思っているのか？」

「反省しています」

「ならば私の頭を撫でろ」

「え？」

空の王は期待に満ち溢れた青の双玉で見下ろしている。

「それで許してやろう」

「そんなことで…、いいのですか？」

「お前は私よりもあれらを気にかけて、あれらの頭ばかり撫でている」

ふてくされたような顔の空の王がおかしくて、アドリアニは笑った。許されてほっとしたのもある。

「反省していないようだな」

「だって…」

子供みたいなんだもの、と思いながら顔を上げると、空の王の手が頬に触れた。

「お前は怒っている時も美しいが、笑っているほうがもっと美しい」

面映《おもは》ゆくなることをさらりと口にする。

ボッ、と火が点《つ》いたように顔が熱くなった。

「どうした、急に赤くなって」

もわもわなのに、もわもわなのに……。

笑みを浮かべている空の王が、とても素敵に見えるのだ。

「早く撫でろ」

「は、はい！」

アドリアニは空の王の頭を掴むようにして撫でた。かき回す勢いで撫でても、お前の手は気持ちいい、と喜んでいる。

掌から、笑壺《えつぼ》に入っている空の王の心の内が伝わってくる。

「うふふ…」

「何を笑っている」

「なんでもありません」

「お前はすぐごまかすのだな。まあよい。笑っているのだから。よし、もっと笑わせてやろう」

空の王はアドリアニを抱いたまま、寝台の上にすっくと立ち上がり、アドリアニの身体を大きく揺らし始めた。

「空の王！」

「怖いか？」

「いいえ、怖くはありませんが…」

いきなりで面食らったのだ。

ふわんふわんと身体全体が揺れて、とてもいい気持ちだ。まるでブランコに乗っているようだ。

「重くないですか？」

「軽すぎるくらいだ。それっ！」

さらに大きく揺らされる。

「わぁ、うふふふ…」

「楽しいか？」

「はいっ、とっても！」

アドリアニが笑うと空の王も笑った。

「よし。もっと楽しませてやろう。こんなこともできるぞ。ほらっ」

身体が、ぽーん、と空中に放り上げられた。三角の形をした天蓋枠がぐんぐん迫ってくる。

「ひゃ〜っ！」

ぶつかると思った瞬間、上昇の勢いがなくなって身体が空中で止まり、すぐさま落下していく。

「落ちるーっ！」

空の王はアドリアニの身体を難なく受け止めると、再び放り投げる。

「ほら、笑え」

笑えなーい！　こんなの絶対に笑えないーっ！

今度はもっと天蓋に近いところまで放り上げられ、アドリアニは今度こそぶつかると身を固くした。

「あわわわ…」

だが、ギリギリで止まると、身体が落下し、力強い腕がっしりと抱き留めてくれたかと思うと、再び空中に舞い踊る。

「お前は本当に軽いな」

膂力《りょりょく》があるからか、神の力が働いているのか、空の王は毬《まり》でも投げるようにアドリアニを空中高く放り投げる。

怖かったのは最初だけだった。落とされることも、天井にぶつかることもないとわかると、ぞくぞくする背中の感じや、空中で一旦停止する時の浮遊感がなんとも楽しい。

「面白いか？」

「はい！」

院長に遊んでもらった幼き日に戻ったようだ。

こんなふうに身体が空中に浮かぶことはなかったけれど、院長と手を繋いで身体をいっぱいに使って飛び上がると、院長がアドリアニの呼吸に合わせ、さらに身体を高く持ち上げてくれる遊びをよくしていた。

院長の頭よりも高い目線が嬉しくてアドリアニは何度もねだったし、院長ももっともっと高く持ち上げてくれた。

ジュン先生が危ないって怒っていたわ。

空の王はそれから数度繰り返してアドリアニを腕の中に収めると、寝台にどっかり座り込んで息をついた。

「大丈夫ですか？」

「疲れた」

「まあ、だったらしなければよかったのに」

「お前を喜ばせようと思ったのだ。楽しくなかったのか？」

「いいえ、とっても楽しかったです！」

「そうだろう」

空の王はしたり顔になる。

「あの子たちにもして差し上げるのですか？」

「木偶に？　まさか、あれらにこれをしたらどんなことになるか。私の命が尽きるまで続けねばならなくなる」

延々とせがまれると言いたいのだ。

「私にはまたしてくださいますか？」

「疲れたからしばらくはやらん」

そうですか、とアドリアニが残念そうに言うと、またしてやってもいい、と慌ててつけ加える。

「ありがとうございます」

アドリアニはお礼の意味を込めて、空の王の頭を撫でた。

「疲れた甲斐《かい》はあった。頭を撫でてくれるし、お前の笑った顔はかわいい」

もっと傍にと抱き寄せられ、空の王の唇が旋毛《つむじ》に落とされる。空の王に触れると、お返しのような口づけが耳や項に降ってくる。くすぐったくって首を縮めても、悪戯するように唇が追いかけてくるのだ。

まるで恋人同士のじゃれ合いだ。

身体を繋いでいる時よりも、身体と心が少し触れ合っているような、こんな触れ合いをしている時のほうが恥ずかしいのは、どうしてだろう。

「空の王…」

アドリアニは空の王の胸に顔を埋めた。もわもわ姿の空の王なのに、夢見心地になっている自分がいる。無体な抱き方をされても、嫌いにはなれない。それどころか、これまで温めていた憧れや恋心とは別の、切ないような思いが湧いてくる。

空の王はアドリアニを膝の上に乗せ、ゆらりゆらりと身体を揺らした。心地よく揺れる神のゆりかごは、アドリアニを眠りへと誘う。

空の王に聞きたいことがあった。だが、広い胸に頬を寄せていると、瞼がとろんと塞がってくる。

「眠いのだな」

いいえ、眠くなんてありません。聞きたいことがあるのです。

アドリアニは言ったつもりだった。

あの部屋はどなたのお部屋ですか？

都に帰れるかどうかよりも、そっちのほうが気になっているから、勇気を出して問うたのに、空の王は身体を右に左にゆっくりと揺らしながら、喉の奥で笑うだけだ。

どうして答えてくれないの？

「おやすみ、我が妻よ」

本当に奥さんにしてくれるの？　だったら嬉しい。

空の王の唇が額に触れた。

アドリアニは微笑みを浮かべ、眠りについた。

空の王に愛されると、自分が自分でなくなる。

足の指を甘噛みし、指の間まで舐められて、アドリアニは身の縮む思いをした。秘めたる場所の奥にまで舌を出し入れされているのだから、足の指くらい今さらなのだが、空の王は傅《かしず》くようにアドリアニの足を持って足指を舐めるのだ。

昨夜《ゆうべ》は…、宮の中では時間がわからないのと、ああいうことは夜やるものだと思っているので昨夜とするが、登り詰める間際になって、またもや空の王は美しい姿に変化し、アドリアニは夢のような時間を過ごした。

「妻よ、まだ足りぬ」

あの姿でそんなことを囁かれたら、拒むことなどできるはずもない。

蜜壺から昂りを出してもらえず、もういやだと泣いて空の王の身体を両手で追いやるのに、そうすると空の王はまだ一段と光り輝き、昂りに勢いが増した。

アドリアニの身体も空の王を求めた。意思とは間逆な蜜壺は、貪欲に昂りを食んだまま放さなくなるのだ。

自らが空の王の上に跨《また》がって腹筋の割れた腹に手を突き、腰をくねらせてしまったことは、現実とは受け止められずにいるけれど…。

空の王の宮に来てからのアドリアニは、ローブを羽織っているだけの、ほとんど裸のような状態だ。弄られてばかりいるので、乳房は張り、乳首は尖って赤くなったままだし、あの場所は渇くことを忘れたように熱く潤みっぱなしだった。

身体中が敏感なままなので、ちょっとでも悪戯されると熱くなってきてしまい、欲望が抑えられなくなって空の王を求めてしまう。

繋がっていない時は、膝の上に乗せたり、抱きしめたりして、空の王はアドリアニを片時も離そうとしない。うとうとすればゆりかごと化し、宝物のように腕の中に入れて添い寝することもある。

寝物語的に話もする。

「アドリアニはあれらの扱いが上手い。私は一ヶ月で音を上げた」

木偶に手をかけ、育てるつもりはあったということだろう。

「私は施療院で働いていました。そこには孤児院もあって、子供たちが数人いましたから」

「慣れているのだな」

「自分より小さい子たちの面倒を見るのは当たり前だったのです。私もその子たちと同じように孤児院で育ったので」

「親が誰だか知らんのか」

アドリアニは頷いた。

「会いたくはないのか？」

「一度も会ったことがないので…」

「人の子は、親を求めるものだろうに。寂しかっただろうな」

空の王が頭を撫でた。労りの言葉が、アドリアニの心に沁みる。

「もし会う機会があっても、親だとは思えない気がします。施療院の院長夫妻が大切に育ててくれましたから。私の両親は彼らなのです」

施療院の皆は、どうしているかしら。

「帰りたいか？」

「それは…」

以前のアドリアニだったら、はい、と答えただろう。

未だに空の王が何を考えているのか、アドリアニにはさっぱりわからない。いきなり妻にしてやるなんて言い出すのだから。

本気でおっしゃっているのかしら。

妻になれるのは嬉しい。奇跡のようだと思う。

だけど、愛していると一度も言ってくれない。…ああ、私ったら、美しい、かわいいって何度も言ってくださるんだから、十分じゃないの。

どんどん我儘になってしまう自分が怖くなる。

話をして少しずつ空の王を知ると、もわもわ姿も愛おしいし、苦しくて切ない思いもどんどん大きくなっている。

どんなお姿でも空の王なんですもの。

逆に、身体を繋いでいる時に美しい姿に変わるのをやめてほしいと思っている。あれはあれで目の保養なのだが、あの美しい姿が突然現れるのは心臓に悪い。

神々しい姿は美しくてぼーっと見とれてしまうけれど、なにしろあの最中にしか変化しないから困るのだ。

身体を気遣い、労りの言葉をくれる空の王は、本当は優しい神なのだろう。

そのお心で大神殿を救ってくだされぱいいのに。

大神殿のことを忘れてはいない。話をすれば機嫌を損ねそうで言いあぐねているが、空の王が力を貸してくれることを期待している。

「帰すつもりはない。何度も言わせるな」

空の王は、寂しいのかしら…。

人に興味がないと言いつつも、アドリアニを手元に置こうとするのは、ひとりが寂しいからではないか。

リルド皇国ができて何百年も経っている。神の時間は果てしなく長く、人と比べるのは愚かなことだ。

この宮にずっとおひとりだったのよね。あの子たち以外、他には誰もいないようだし…。空の王は私の手を気に入ってくださっている。傍にいれば、少しはお心を癒すことができるかもしれないけど…。

丁子の部屋が気にかかる。

私はその方の代わりなのかしら。だから、手放そうとしないのかしら。

丁子の部屋の人はどんな人だったのだろう。美しい人だったのだろうか。空の王に愛されたのだろうか。

その方も妻と呼んだのかしら…。

そう思うと、胸が苦しくなる。

もしかして、清らかな乙女がお暮らしになっていたのでは…。空の王は清らかな乙女を愛していらっしゃった——。

「何を考えている」

「あなたのことを」

空の王の胸に手を置いて素直に答えると、空の王は目を見張った。

「そ、そうか」

どこか落ち着かない様子の空の王に、アドリアニは微笑んだ。胸の苦しみが薄らぐ。

こんなに大切にしてくださるんだもの。私を離さないと言ってくださるんですもの。

不安になるようなことを考えるのはよそうと思った。

空の王の手がアドリアニの頰を包んだ。顔を見上げると、優しさが湛えられている青い双玉がある。

愛おしげに頰を撫でる手に、アドリアニは自分の手を重ねた。


空の王の宮に来て、どのくらいの時間が過ぎたのか…。

何日も経っているようにも、まだ一日すら経っていないようにも感じる。

記憶を手繰り寄せても意味がない。空の王に抱かれているか、眠っているかのどちらかで、ほとんどの時間を占めているからだ。

太陽の光の加減で部屋が明るくなったり暗くなったりすれば、昼夜の判断がつくし、光の角度で、ある程度の時間を計ることもできるのだが、空の王の宮の中は常に一定の明るさだから、時間の観念がなくなってしまう。

困っているのは、空腹感がないことだ。空の王の宮に来てからというもの、空腹をまったく覚えないのだ。

「神の宮にいるからかしら」

神の領域では、人は食べなくても生きていけるのかもしれない。

「空の王は、宮の主はお出かけなさったの？」

「主、いる」

「主、いない」

アドリアニの隣にちんまり座っている木偶は言った。

いるのかいないのか。

木偶との会話は謎解きを必要とするが、コツを摑めば簡単だ。

「いるのにいない…。つまり、いらっしゃるけどどこにいるかわからないのね」

木偶はその通りだというように頷いた。

「そっか。あなたたちがわからないんじゃ、私もわからないわ」

これからどうすればいいのかな。

アドリアニは考え込んだ。

ここに来てからというもの、あれしかしていないんですもの…。

空の王の傍にいるのが当たり前で、神が望むのなら、こうしてここにいるのが最善なのではないか、という考えに傾いていた。

だが、こんな暮らしでいいのだろうか、とも思う。

こんなの、貴族や商人の愛妾と同じだわ。

眠って、起きて、抱かれて…。

それだけなのだ。

肩を落として溜息をつくと、木偶たちがそれぞれアドリアニの手を掴んで引っ張った。

「なあに、どこかに行くの？」

二人は寝室を出て、アドリアニの手を引きながら真っ直ぐに伸びる薄暗い廊下を歩いていく。

「ねえ、あの扉は？　向こうには何があるの？」

気になっている部屋のことを聞いてみた。

「部屋」

「大事」

「大事なお部屋なの？　どなたかのお部屋なの？」

木偶は首を傾げる。

やっぱり、空の王の大切な方の部屋なのね。

空の王にそんな相手がいたのだと思うと、胸が締めつけられるように痛くて、目の奥がきゅっとなる。

どうして苦しいの？　どなたかの代わりでも大切にしてくださるんだから、これで十分なんだって納得したじゃない。

波打つ心の中を鎮めようと、自分に言い聞かせる。

あの方は私が好きだった空の王じゃないもの。ほら、見た目だって絵姿とは、あ、う…、本当はきらきらした美しいお姿だけど…。でも、髪なんていつももわもわで…、それでも好きなんだけど…。優しい方だってわかったし…。

支離滅裂のいろんな言い訳を連ねながら歩いていると、突然部屋に出た。寝室と同じくらいの広さだ。はっと後ろを振り返ると、先がまったく見えない長く暗い廊下が伸びている。

「どうなってるのかしら」

神の宮は人には理解できない造りなのだろう。

部屋の中央に、大きな水盤が台の上に置かれている。木偶は水盤までアドリアニを引っ張っていった。

「これは、水鏡ね」

アドリアニの両手を広げてもまだ大きい水盤だ。丸い葉っぱが四、五枚連なった浮草が、ぽつんぽつんと三つほど浮かんでいる。

「見たい」

「見る」

「見たいと思うと、見えるのね」

空の王に許しを得ず、勝手に見てもいいのだろうか。

浮草を指で端へ追いやって何気に水盤を覗き込むと、何も考えていないのに、見慣れた風景が映し出された。

「孤児院の廊下だわ」

暗い中を、白い寝衣が幽霊のようにぼーっと浮かんだ。ドリューだ。目にいっぱい涙を溜めて口をわななかせ、とぼとぼと歩いている。声を上げて今にも泣きそうな様子だが、ドリューは必死に堪えているのだろう。

おねしょしちゃったのね。

「アドリアニ…」

ドリューが小さな声で呼んだ。

「ああ、ドリュー」

呼んでも声は届かない。

ドリューのもとへは行けないとわかっていても、アドリアニは水盤に身を踊らせて、今すぐにでもドリューの傍に行ってやりたかった。

「誰か気がついてくれればいいけど…」

ただ、見ているしかないのが、こんなにも辛いとは。

気を揉んでいると、廊下の奥から誰かがやってきた。サクサだ。少し離れた場所からドリューの姿をじっと見ている。

「サクサ、ドリューを叱らないで」

届かないとわかっている。それでも言わずにはいられなかった。ドリューがおねしょするたび、サクサはからかったり怒ったりするからだ。

「ドリュー、またおねしょしたのか？」

「う、ぅぅ…っ…うぇっ…」

「しっ！　泣くな。皆が起きるだろ」

ドリューは嗚咽をこらえた。ぽろぽろと涙が零れ出す。

気が気ではないアドリアニは、両手を握りしめていた。

「おいで」

サクサはドリューの手を引いて井戸へ連れていく。

「ここで待ってろよ」

「サクサ…」

ドリューは不安げに見上げる。真っ暗なので怖いのだろう。

「大丈夫だ。すぐに戻ってくるから。待ってるな」

ドリューが頷くと、サクサは洗濯用の洗い桶を抱えて台所へ行った。竈《かまど》の上の大鍋《おおなべ》に手を触れる。

「あ、よかった。まだちょっと温かい」

大鍋には水が入れてある。前の晩に翌日の調理用に準備しておくのだ。竈の火は消してあるが、余熱で暖まるのだ。

柄杓《ひしやく》で大鍋の中の水を洗い桶に移して急いで井戸へと戻る。心細そうにして立っているドリューにサクサは、泣かなかったな、偉いぞ、と笑いかけた。

「そんなに温かくはないけど、井戸水よりはマシだろうから」

寝衣を脱がして洗い桶の中にドリューを立たせ、おしりを洗ってやる。

「昨日洗った寝衣、まだ乾いてなかったな。仕方がない、これで我慢しな」

ドリューの身体を拭いて、自分が着ている寝衣を着せてやる。

「明日、自分で洗濯するんだぞ」

「うん」

「俺のも一緒に洗うんだぞ」

「うん。ちゃんと洗う」

長い寝衣の裾を摘んで、ドリューは嬉しそうにサクサと手を繋いで歩く。

「寝台も濡れてるんだろうなぁ」

サクサは呟くと、自分の部屋に連れ帰って寝台にドリューを寝かせ、新しい寝衣を行李から引っ張り出して着ると、ドリューの隣に潜り込んだ。

アドリアニが使っていた個室を今はサクサが使っているようだ。行李もタペストリーも、アドリアニが使っていた時のままだ。

「サクサ、アドリアニは帰ってこないの？」

「大神殿で巫女になったんだから、帰ってくるわけないだろ」

「大神殿って遠いの？　会いに行ける？」

「遠いし、会いに行ったって、会ってもらえないさ」

「どうして。ドリューだよって言えば、アドリアニは会ってくれるよ」

「巫女は誰にも会わない。ドリューが会いに行っても無理だ」

「もう…会えないの？」

「……」

答えがないのを肯定だと理解したのだ。ドリューの瞳にまた涙が溢れてくる。それでも我慢しているのだろう。声を上げて泣くことはなかった。

「早く寝ないと朝起きられないぞ」

サクサがドリューの頭を撫でると、ドリューはサクサにしがみついた。サクサはドリューを抱きしめて、背中を撫でてやる。

しばらくすると、ドリューは安心したのか寝息を立て始めた。

眠ったのを確認したサクサは、小さく溜息をついて顔を上げた。天井を見ている瞳には、涙が滲んでいる。

アドリアニ。

サクサの口がそう言った。声を出さずにアドリアニの名を呼んで、きゅっと口を引き結ぶ。

「……サクサ」

アドリアニは両手で口を覆った。

最後までそっぽを向いていたサクサ。目を合わそうとも、言葉をかけようともせず、馬車を追ってもこなかった。

すぐにあの子も施療院を旅立つのだから、別れはこんなものなのかな、と寂しく思っていたけれど…。

サクサは寂しさをこらえていたのだ。

一番大きなお兄さんなんだから。

アドリアニの言いつけを守り、寂しさをひとりでずっと抱え込んでいたのだ。誰にも見せずに。

「ごめんね、サクサ」

どうして気づいてやれなかったのか。

「私、自分のことばかりで…」

巫女になれることが嬉しくて、そのことしか目に入っていなかった。なりたくてなれなかった巫女になる機会が来たのだ。皆も喜んでくれるだろう。別れは辛いけれど、ここを出ていくこともわかってくれるだろう。

アドリアニは自分に都合のいいように思っていたのだ。

サクサはまだ子供なのだ。悪態をついても、嫌がっても、無理やりにでも抱きしめてあげればよかった。

アドリアニはローブの胸元を握りしめた。

「辛い」

「痛い」

木偶の言葉はアドリアニの心を的確に表している。

「帰りたい」

ぽつりと零した。

院長夫妻や子供たち、気のいい村人たち、彼らに囲まれて暮らすことの幸せを、自分はどうして気づけなかったのだろう。

あの場所が、私のいる場所だったのに……。

ぴったり寄り添って眠る二人の姿が愛おしい。

空の王の傍にいるのは夢だった。恋焦がれ、大神殿の巫女になりたかったのも、大神殿が空の王に一番近い場所だと思っていたからだ。

こうして今、アドリアニは空の王の宮にいる。大神殿よりも、空の王に一番近い場所にい

る。不思議なことに、空の王は自分を必要としてくれるようだ。妻にと言ってくれた。抱いてもくれる。今が一番幸せでなければならない。なのに…。

アドリアニは帰りたくてたまらなくなった。

一日だけでいいから、すぐに戻ってくるからと頼めば、施療院に帰してくれるかしら。

「宮から外に出るのにはどうすればいいの？」

「『出る、ない』」

「出られないの？」

木偶は考え込んでいたが、水鏡を覗きだした。

水鏡が好きでいつも外の世界を覗いているようだが、宮の外にはその現実世界が広がっていることを知らないのだろうか。

「宮から出たことがないのなら、結びつけられないか」

木偶は水鏡を興味津々で覗いている。今まで見てきた世界が本当にあると知ったら、木偶たちは外に出たがったはずだ。

「空の王に聞くわけにもいかないし…」

「私に何を聞きたいんだ」

木偶たちは水鏡から飛び退った。アドリアニも気まずそうに離れる。

「お前たちはまた…。アドリアニまで連れてきたのか」

「私が見たいと頼んだのです。ねっ」

木偶たちはアドリアニをじっと見ている。

「この子たちを叱らないでください」

「どうしてこれらに頼むのだ」

「ごめんなさい」

とっさに謝ったアドリアニだった。

どうして私に頼まないのだ、と言われた気がした。アドリアニが頼ってくれないことに傷ついているように思えたのだ。

「これからは空の王にお願いします」

お前はこれらに甘い、とぼやきながら、空の王は嬉しそうな顔をする。

「で、何を聞きたいのだ」

宮から出る方法を知りたいとは言えない。こんな空の王を見たら、帰りたいと言えなくなってしまう。

どうしよう、と考えてとっさに出たのは…。

「掃除道具はどこですか?」

「なんだと?」

「その、ここに来てから何もしていないので、宮の掃除をしようかと…」

こんなに何もしていない…、何もしていないわけじゃないけど、あれしかしていないんですもの。

「道具がどこにあるのかわからなくて」

「する必要はないし、道具などない」

「でも…」

空の王はアドリアニを抱き上げた。

「お前たちはついてくるなよ」

木偶に言い置くと、空の王はアドリアニを寝室へと連れ帰った。

「お洗濯もしたかったんですけど」

「洗濯だと。私の宮で何をする気だ」

空の王は呆れ顔だ。

「着るものがないので」

巫女装束はどこに行ってしまったのだろう。寝室にはないのだ。

勝手に着せつけられた装束だが、がめつい首席神官のことだ。賃料を払えと言いそうだし、空の王の宮に追加料金の取り立てに来そうだ。

裸でローブを巻きつけた姿のままでいるのは…。

「その…、困るんです」

「何が困るのだ」

空の王がアドリアニのローブを肌蹴《はだけ》る。

「いっそ、このままでいればいい」

裸体を隠すアドリアニの髪を手櫛《てぐし》で梳き、頭を摑んだまま口づけてくる。

「んっ…」

何度も抱かれ、肌の上には口づけの痕が常に残されている。こうして空の王が触れるだけで、すぐにでも受け入れられる身体になるのは、アドリアニも空の王を求めているからだ。

「こんなに潤んでいるではないか」

叢の奥に手が差し込まれ、淫猥な身体を暴かれる。

「欲しいのだろう？」

空の王の指が動くと、卑猥な音でアドリアニの蜜壺が応える。

「あぁ…、空の王…」

元々あった空の王への恋心に、もわもわでも愛おしいという新たな思いが重なって、アドリアニの心の中は空の王への思いでいっぱいだ。

切ないのも、リルドの神ではなく、ひとりの男として空の王を愛しているからなのだ。

「ああっ、んっ」

「ほら、もっと私にしがみつけ」

「空の王…」

快感が高まって、身体中が熱に浮かされていく中で、アドリアニの心の奥底には冷えた小さな塊が融《と》けずに残っていた。

大神殿の裏側を見てしまったこと。泣いている人がいるのを知ってしまったこと。

このままここにいればいいじゃないか、という声と、それは違うと否定する声が、交互に聞こえてくる。

何も知らないままの自分だったら、こうしてずっと、ただ抱かれるだけの日々を心から喜んだだろう。空の王が自分に執着している姿を見せてくれるだけで、幸せなのだから。

ドリューやサクサの顔が浮かんだ。

空の王は私を必要としているんですもの。お傍にいなきゃ。

施療院に帰りたいという願いを心の奥に封じ込める。

アドリアニは空の王の愛撫に身を任せた。掌を空の王の肌に滑らせながら、自ら両の脚を大きく開いて空の王を迎え入れられるようにする。けれど…。

…このままでいいのか。

冷えた塊が問いかけてくる。

「アドリアニ」

甘く囁く声が耳をくすぐる。強く抱きしめられて、アドリアニは意識のすべてを空の王へ向けようとする。

ほら、大切にしてくださるじゃない。大好きな空の王のお傍にいたいの。清らかな乙女を今でも思っていらっしゃるとしても……。

…それで幸せなのか。

再び問いかけられて、アドリアニは戸惑った。

本当に、いいのだろうか。こうしていることが、幸せなのだろうか。

どちらに進めばいいのか、どちらを選ぶのが正しいのかわからなくなって、空の王に快感を与えられながら、アドリアニの心は矛盾の中に立ち往生していた。

快感も得た。絶頂も迎えた。なのに、姿は変わらなかった。

「無理やり抱いたりはしなかったぞ。アドリアニは自ら両脚を広げ、私を受け入れたではないか」

達した後、アドリアニ本人も戸惑いの表情を浮かべていた。だからもう一度求めた。アドリアニも素直に応じた。

けれど、何度達しても変化することはなかった。

「アドリアニは水鏡を見たのだな」

考えられることはひとつ。アドリアニの心だ。素直に身体を開いても、心が開かれなければ力を得ることはできないのではないか。

「見た」

「泣く」

「何を見たのだ」

「施療院」

「廊下」

以前勤めていたという施療院だろう。そこを映し、知り合いの姿を見て里心がついたのだろうか。

「ドリュー」

「サクサ」

木偶の話を理解するのは一苦労だ。口数は少なくない。多いくらいだが、意味不明の言葉だったり、時として矛盾する単語を二人は並べたてたりするので、上手く拾って繋がなければならない。

「人の名前か」

ドリューとサクサ。男の名だ。どんな男か聞いても、まともな答えを返さない木偶の説明など期待できない。

単なる知り合いなのか、もしかすると、どちらかが好きな男だったのではないか。

どこの施療院なのか聞き出そうとしてやめた。

「アドリアニの好きな男など、見れば苛立つだけではないか」

…苛立つ……？

空の王は己が呟いた言葉に引っかかりを覚えた。

「宮、外」

「宮、出る」

「アドリアニがそう言ったのか？」

大神殿に戻してくれと言わなくなったのは、ここにいることを受け入れたからだと思っていたが、そうではなかったのだろうか。

妻にもした。癒しの力が欲しくて傍に置きたかったからだが、人は体裁を気にするものだ。妻にすれば納得しやすいだろうと、アドリアニのことも考えたのだ。

「いや」

「きらい」

「なんだと！」

激高した空の王に木偶はきょとんとした。驚いたのだ。だが、空の王のほうがもっと驚いていた。

木偶の他愛ない言葉を真に受けて、怒鳴ってしまったことに。

木偶は考えなしに、大して意味のないことを口にする。だが、時として、確信を突く言葉を吐くこともある。

空の王は怒りが湧いたのだ。アドリアニに嫌われていると指摘した木偶に。

そんなことがあるはずはない、と。

「私が嫌だから、泣いて帰りたがっていると言いたいのか。馬鹿な。さっきだって楽しそうに笑っていたのだ」

「きらきら、ない」

「つるつる、ない」

木偶は痛いところを突いてくる。空の王に憮然とした。

都まで往復するくらいの力は溜まった。だが、姿は少し変わっただけで足踏み状態のままだし、錫杖も創れない。以前の美しい宮にすることもできない。

この先、アドリアニを何度抱いても、元の姿に戻らなかったら…。

「ふん、これまでどおり過ごせばいいだけだ」

無為な日々が続くとしても、これからはアドリアニがいるのだ。

「アドリアニ、外」

「アドリアニ、出る」

空の王はまたもや憮然とし、ここにいるに決まっているだろう、と言ってから考え込んだ。癒しの力が役に立たないのなら、アドリアニを傍に置いておくのは無意味だ。本来ならここにいるはずのない人間なのだから、本人が望む大神殿か、働いていたという施療院に帰すのが当然なのだ、が…。

あれがここから消える?

アドリアニがいなくなると考えると、妙な喪失感に襲われた。

頭を撫でる白く優しい手がなくなると思うと、胸の奥がざわざわした。あの手は気に入っているのだ。

楽しげな笑い声も聞けなくなる。はにかんだような笑みも見られない。抱いた時の切なげなあの顔も、甘い嬌声も、美しい裸体も…。

すべてなくなるのだ。

空の王は両手を握りしめた。それらを逃すまいとするかのように。

アドリアニがここに来るまでは、木偶たちが話しかけてきてもたまに返事を帰す程度で、こんなふうに木偶の相手などしたことはなかった。

私は何をしていたのだろうか。

この宮でひとり、何をしていたか思い出すこともできない。思い出せるような出来事など何もなかったのだ。

アドリアニのいない宮は考えられなくなっていた。アドリアニが他の男に微笑んで寄り添うなんて、想像するだけで腹が立ってくる。

誰にも渡したくない。

力を取り戻すことよりも、アドリアニが傍にいることが大切だと思える。

「あれは私のものだ」

「「私の」」

「お前たちのではない」

むうっとした顔になる木偶に、空の王は苦笑した。

木偶の表情は豊かになった。木偶にもアドリアニは必要なのだ。

木偶たちは互いの頭を撫でだした。

「アドリアニに撫でてほしいか？」

木偶が頷く。

「少しなら分けてやってもいいぞ」

「「いっぱい」」

「ダメだ。あれは私の手だ」

空の王は木偶に言い聞かせる。

「癒しの力が手に入るとはな」

アドリアニの力は心を癒してくれる力なのだ。

「つるつる」

「きらきら」

「そうだ。私の力も強くなるかもしれんぞ」

「「ぴかぴか」」

木偶が飛び跳ねる。

「アドリアニが来たのは僥倖《ぎょうこう》だった。帰りたいと言っても、帰すものか。どうせここからは出られないのだ」

空の王はアドリアニがいる寝室へと足を向けた。

一時たりとも離れず、常に傍に置きたい。銀の髪を撫で、柔らかな唇に口づけ、美しい肢体を腕の中に収めていたいのだ。

「これが人の言う、愛する、ということなのか…」

人の声を聞いていた昔、愛に振り回されて一喜一憂する人の姿を見て笑っていたというのに、自分が振り回されることになるとは思わなかった。

「それも悪くはないな」

大切にすればいいのだ。元いた場所のことなど忘れてしまうほどに。

「だが…、アドリアニが帰りたいと泣いたら、私はどうすればいい」

空の王は薄暗い廊下の中ほどで歩みを止めた。

アドリアニは宮にいるのを受け入れたわけではない。帰れないと諦めているだけだ。

ここでの暮らしは人には向いていない。人はものすごい速さで育ち、学び、働き、大人になって伴侶《はんりよ》を得て、子を生し家族を作る。飲み食いしたり、楽しみを見つけたり、多くの人の中に交じり合って生きていくものなのだ。

ここには人の糧となるものが何もない。

宮に長く留めると、アドリアニは病んでしまうのではないか。アドリアニの幸せを考えたら、ここに留めてはいけないのではないか。

「帰すべきなのか」

アドリアニを連れて飛ぶ力はある。アドリアニに貰《もら》った力だ。

空の王は苦渋を滲ませて考え込んだ。


目覚めて傍らに空の王がいないと、なんだか寂しい心持ちになる。

「どこに行ったのかな」

あんなに求められたのに、必死に応えたのに、空の王の姿が変わらなかったことが気にかかっていた。

重く気怠《けだる》い身体を起こす。空の王の姿が変化しないと、なぜだか身体に疲れが溜まってしまうのだ。

「あの子たちもいない。水鏡の部屋かしら」

アドリアニはローブを纏って寝室を出た。ひとりでいたくなかった。水鏡を覗いて、もう一度施療院を見てみたかったのもある。院長夫妻や子供たちの姿を見て、踏ん切りをつけようと思った。

空の王の傍にいるために。

真っ直ぐに進めば、あの部屋に出るはずだ。暗い廊下をひとりで歩くのは怖かったが、アドリアニはローブを握りしめて歩いた。さほど歩かなくても着くはずだ。木偶に連れられて歩いた距離は短かったから。

薄暗い廊下がふっと明るくなって、目の前に水鏡の部屋が現れた。この仕掛けはアドリアニにはわからない。人には理解できない神の御業なのだろう。

水鏡の部屋には木偶も空の王の姿もなかった。勝手に覗いては叱られるかもしれないが、どうしても見たくてアドリアニは水鏡に近づいた。

施療院を思い描いたはずなのに、浮かび上がったのは空の王の姿だった。

「やだ、無意識に空の王のことを考えていたのかしら」

木偶も一緒にいるようだ。

「他にも部屋があるのね」

宮の中はどうなっているのかまったくわからない。何本もある廊下のどれかを歩けば空の王のいる場所に出るのかもしれないが、どこに続いているのかわからない廊下を歩く勇気はない。

水鏡には木偶たちのむうっとした顔が映った。

「気に入らないことでもあったのかしら」

木偶たちは互いの頭を撫でだした。

アドリアニに撫でてほしいか？　と空の王が聞いている。少しなら分けてやってもいいぞ、と言われた木偶は、いっぱい、と声をそろえる。

「まあ、あの子たちったら」

かわいらしい木偶の姿に、顔が綻ぶ。

空の王が、あれは私の手だ、と木偶に言い聞かせるのを聞いて、アドリアニは嬉しくなったが、その後の言葉に眉根を寄せた。

「癒しの力が手に入るとはな」

意味が理解できなかった。

「アドリアニが来たのは僥倖だった。帰りたいと言っても、帰すものか。どうせここからは出られないのだ」

アドリアニは慄いて水鏡から後ずさった。水鏡から声がしなくなり、映っていた空の王の姿も消えて、ただの水面に早変わりする。

「癒しの力が手に入るって、どういうこと。空の王の力が強くなるって…」

しかも、空の王は、僥倖、と言った。

両手を見つめた。

癒しの力があるとは思っていないけれど、この手が空の王の慰めになればいいと思っていた。

「清らかな乙女の代わりでもよかったのに、私を求めてくださったんじゃないんだ」

自分を必要としてくれているのだと思っていた。

「優しくしてくれたのも、頭を撫でろと言ったのも、身体に触れろと言ったのも、抱いたのも、大きな力を欲していただけ」

自分は単なる道具だったのだ。

理由がわかれば、なるほどと頷けることばかりだ。

空の王が好きだった。どんな姿でも、好きだった。肖像画に見とれていた頃の幼い恋心ではない。身体を繋ぎ、悦びを知ったひとりの女性として…。

「空の王を愛しているのに…」

思いが溢れてくると同時に、唇がわなわなと震える。抑えるように噛みしめると、目頭が熱くなって視界が揺らいだ。

「帰りたい。皆のところに帰りたい」

もうここにはいられないと思った。いたくない。無償の愛を与えてくれる人たちがいる施療院に、すぐにでも帰りたかった。

「こんなところにいたのか。姿が見えないから心配したぞ。ひとりで来たのか」

立ち尽くしているところに空の王がやってきた。

アドリアニは空の王を避けるように、水鏡の向こう側へと逃げた。

「水鏡を見ていたのか。どうした、泣いているのか？」

「いいえ」

水鏡を挟んで、近づこうとする空の王から遠ざかるように動く。

「泣いているではないか。さあ、おいで」

いやいやするように首を振るアドリアニに、ひとりにしたのを拗ねているのだな、と空の王は笑った。素早く動き、いつものようにアドリアニを捕まえて抱き上げようとする。

「いやっ！」

振り払った手が、空の王の頬を叩いた。アドリアニは真っ青になった。

「ごめんなさい」

「泣き顔を見られたくないのか？　もう何度も見ているぞ」

空の王は怒らなかった。逆に、労るように顔を覗き込んでくる。その優しさは、今のアドリアニには辛かった。

「顔色が優れないな」

アドリアニは緊張を緩めようと静かに息を吐いた。

「空の王。お願いがあります」

喉に引っかかったように声が掠れた。

「あまり嬉しい願いではなさそうだな」

真剣な面持ちのアドリアニに、空の王は固い声で言った。

「私を帰してください」

アドリアニは跪いて懇願した。

「やめよ。跪くなと言ったではないか」

空の王はしゃがんで、床につけたアドリアニの手を取ろうとした。立たせようとしたのだろうが、アドリアニは空の王の手を避けて隠すように両手を組んだ。手を繋ぎたくなかったのだ。

「お願いします。どうかお聞き届けください」

「水鏡で施療院を見たと木偶から聞いた。里心がついたのか？」

「見ました。でもそれが理由ではありません」

「ではなぜだ」

「ひとつお聞きします。私の手が、癒しの力が必要だから、私を帰そうとしなかったのですか？」

それは…、と空の王は言い淀《よど》んだ。

「そんなに必要なら、この手を切り落として空の王に差し上げます」

アドリアニは両手を差し出した。

「何を馬鹿なことを…」

「私が水鏡で見たのは『アドリアニが来たのは僥倖だった』とあなたがおっしゃっているところでした」

空の王はばつの悪そうな顔をする。

「私を抱いたのも、力を得るためですか？」

「……」

「神なのに、神はなんでもできるのに、あなたは私の願いを聞いてはくださらなかった。それなのに、力は望まれるのですね。これ以上、まだ力が欲しいのですか！」

「そうではない」

「神の力でここから出してください。私を帰してください」

「まて、私の話を聞け」

「神ならば簡単にできるはずです。大神殿からここまで一瞬で来てしまった、あの神の力で——」

「やめろ！　私を神と呼ぶな！」

アドリアニは凍りついた。あまりに悲痛な叫びだったのだ。

「…空の王」

「……怒鳴って悪かった」

空の王は力なく言うと、床の上に座り込んで項垂れた。大柄な空の王が、一回り小さくなってしまったようだ。

「帰そうと思っていたのだ。お前が私と共にここに来てしまった時、帰すつもりでいた。留めておく気などなかった。だが…、帰したくても帰せなかったのだ」

空の王は顔を上げると、アドリアニを見て自嘲した。

「癒しの力が欲しかったからではない。私には、お前を連れて飛ぶ力がなかったのだ」

「どういう意味ですか？」

「人は私を神と崇《あが》め、この地に縛りつけた。長くこの地に縛られ、私に力はほとんど残っていない。お前は私を見て驚いたな。絵姿とあまりに違っていたからだろう。力がなくなって、私はこのような姿になってしまった。この宮も…変わってしまった――」

　水鏡の部屋を見渡す空の王は、寂しげに見えた。

　アドリアニは空の王にかける言葉がなかった。空の王がこれほどの懊悩《おうのう》を抱えているとは思いもしなかったのだ。

「確かに私はお前の力を欲した。お前がいれば、元に戻れると期待したのだ。結局はこの有様だが……」

　もわもわの髪をくしゃりと握りしめる。

　空の王は藁にも縋る思いだったのだ。

「お前の優しい手に私は癒された。長い月日の間この地に縛られ、心の中に溜まったどうしようもないほど厄介な、私が消滅した後もレオネス山の山頂に墓標として残るのだろうと思っていた、頑固な鬱屈の塊をも溶かすほどに」

「消滅！」

「いずれそうなるだろうよ」

「そんな…」

　アドリアニは喘いで両手で口を押さえた。

　私はなんてことを言ってしまったの。空の王を傷つけた。大好きなのに、愛しているのに、傷つけてしまった。

「今なら、お前を連れて飛ぶくらいの力はある。お前から貰った力だ。お前は自分の癒しの力で帰れるのだ。願いを叶えよう」

「でもっ、あなたは…」

宮の寝台にひとりいる空の王の姿が浮かんだ。

ひとりぼっちになってしまうのだ。誰もいない宮で、また長い月日をひとりで過ごすことになるのだ。消滅する日まで…。

知っていたら、帰りたいなんて口が裂けても言わなかったわ。空の王がいなくなってしまうなんて、そんなこと…。

涙が溢れてくる。

「泣くな、アドリアニ。私は、お前を――」

空の王の言葉を待った。だが、温かい眼差しでアドリアニを見つめ、遠慮気味に手を伸ばして涙を拭っただけだった。

「空の王、私は…」

「お前が帰りたがっているのはわかっている。施療院に帰るがいい。好いた男がいるのだろう？　お前がいるべき場所で、愛する男の傍で幸せになるがいい」

アドリアニは激しく頭を振った。

「私が好きなのは空の王です。あなたを愛しています！」

空の王はぽかんとした顔の後、嬉しそうに笑った。

「その言葉だけで十分だ。おいで。施療院に送ろう」

空の王はアドリアニの右手の指先を摑んだ。手を握らないのは、もう癒しの力を求めていないという意思表示なのだ。

「帰りたいなんて言いません。空の王のお傍にいます。ずっといます。空の王の無聊《ぶりょう》を慰めるための道具でもいいの」

「馬鹿なことを言うでない」

「知らなかったのです。空の王が辛い思いをなさっているなんて、ちっとも知らなかった」

「……消滅するなどという話をするのではなかったな。短慮だった。忘れてくれ」

「愛する男の傍で幸せになるがいいとおっしゃった。だったら私をお傍に置いてください」

「もう、いいのだ」

必死に頼んでも空の王は、うん、と言ってくれない。アドリアニは唇を嚙みしめた。

「空の王は私が疎ましいのですね」

「そのようなこと、思うわけがないだろう」

「じゃあ、どうして諦めるの！　元の姿に戻れるかもしれないのに、どうして私の手を放そうとするの！」

アドリアニは声を荒らげた。

「アドリアニ…」

「私が帰ったら、あなたはまたひとりぼっち」

悲しくて胸が張り裂けそうだ。

「これまでと同じだ」

「うそっ！　寂しいから木偶を作ったくせに」

もわもわ頭の髭面でも、私にはわかるんだから。

「神は寂しいなどという感情はない」

「神と呼ぶなと怒ったのに、ご自分でおっしゃるなんて」

空の王はしまったという顔をした。

「お前が帰りたいと言ったのだぞ」

「帰さないとおっしゃっていたではないですか」

「帰ることが、お前の幸せなのだ」

そう言いつつも、空の王が摑んでいる指先を放そうとはしないのは、帰したくないと思っているからではないか。

「私の幸せは私にしかわからない。あなたが神でもきっとわからない。だってちっともわかってないんですもの」

「ここは人がいる場所ではない」

「空の王には大切な方が、丁子の部屋のお方がいらっしゃることは知っています」

「丁子の部屋とはなんだ」

部屋を覗き見てしまったのだとアドリアニは謝った。

「あのお方をずっと思い続けていらっしゃるのですね。あのお方がお使いになっていた部屋なのでしょう？」

「あのお方とは誰のことだ」

「清らかな乙女に決まっているではありませんか」

「なんだと？」

「清らかな乙女を、愛していらっしゃったのでしょう？」

あんぐりと口を開けて固まっていた空の王の顔が、俄かに険しくなった。

「選ぶに事欠いてあんなものを……、愛している、だと？　あれは…、あれは私がこの地に囚われることになった元凶だぞ！　思い続けている？　ああ、お前の言うとおりかもしれん。私が消滅する日まで、あれを呪い続けるだろうよ」

まるで、蛇蝎《だかつ》のごとく忌み嫌っているように言う。

「あんなものとお前を比べるなど――」

空の王は空いている手でもわもわの髪をかき毟った。

「あれは狂気に満ちた娘だった」

空の王は苦虫を嚙み潰したような顔で、当時のことを語った。話の内容は衝撃的だった。二神信仰の根本を揺るがすほどだったのだ。

話を聞いて、アドリアニは思った。空の王が人にも大神殿にも関心を寄せようとしないのは、当然のことだ、と。

「だったら、どうして神渡り日に神の間においでになったのですか？」

「お前には耳障りな話だ」

「私は本当のことが知りたい」

繋がっている指先にきゅっと力を入れると、空の王は諦めたように口を開いた。

「いつだったか忘れてしまったが、まだ私に力が残っていた頃だ。気まぐれに大神殿へ行ったのだ。私の神殿だと人が言っているから、一度直に見てみようと思った。ここから飛んで出た場所が、お前のいたあの部屋だった。そこに、自らの命を絶った女がいたのだ」

「……」

「虫の息だった。私を見て随喜の涙を流して息を引き取った。私にはどうでもいいことだった。人がひとり、目の前で死んだだけだ。その女は巫女姫だった」

「なっ……！」

アドリアニは絶句した。

巫女の暮らしぶりは表に出ない。リルド皇国の誰もが、巫女たちは大神殿の奥で日々祈りを捧げ、心豊かに暮らしていると信じている。だが、大神殿の闇は、アドリアニが想像していたよりも、もっと暗く深かった。アドリアニが呼び寄せられたことだけではない。神官でも足を踏み入れることのできない大神殿の奥では密かに、とんでもないことが行われていたのだ。

冷たくなったアドリアニの指先を、空の王が握った。

「大神殿は人の黒い欲望が渦巻いている。水鏡には映りにくいのだ」

覗き見ることができないので、それからは毎年同じ日に空の王は神の間に飛んだ。

「気になってな」

その日は偶《たま》さか、神渡り日だった。

大神殿の外に出ることもない巫女は、喜怒哀楽が希薄で、自我を持たない人形のようなものだ、と空の王は言った。

皇王と大神殿の神官に言われるがまま、唯々諾々《いいだくだく》として不思議な力を使い、巫女は命を削るのだ、とも。

「私からしたら、虐げられているとしか思えん。古びて使えなくなった道具を捨てるのと同じだからな」

「そんな……」

「人の世に手を出すとろくなことはないし、人の寿命を左右できる力もない。だが、私を神と崇めて真摯《しんし》な祈りを捧げる者の最期くらいは、見届けてやろうと思った」

空の王は優しい方なのだと、アドリアニは改めて思った。

「あの部屋は、巫女のための部屋だ。ほとんど使うことはないが…」

病で余命いくばくもない状態だったり、事切れていたりもしたが、空の王は神の間に巫女がいたら宮に連れ帰ったのだ。

飛ぶのは人の身体にかなりの負担になるのだろう。宮に着くと事切れているか、あの部屋で数日後に息を引き取ってしまうのだという。

「健康なお前でも気を失っただろう」

「だから、病を得ているのかとお尋ねになったのですね」

「私にもっと力があれば、負担をかけずに済んだのだが…」

残り少ない力を、空の王は巫女たちのために使っていたのだ。

「空の王が迎えに来てくださることは、巫女姫たちにとってどれほどの喜びだったでしょう」

「死んでしまってもか」

「はい、亡くなっていたとしても」

神の間で空の王を待つこともなく、この世を去った巫女は大勢いただろう。だが、彼女たちも、神が迎えに来てくれるという喜びの中で旅立ったはずだ。

「…そうか。ならばいい」

空の王は小さく息をついて立ち上がると、さあ、と摑んでいたアドリアニの指先を引っ張った。

「施療院に送ろう。ドリューとサクサが待っているのだろう」

いきなり飛び出した名前に驚き、立ち上がった空の王を見上げる。

「どうしてその名をご存じなのですか？」

「お前の好きな男はどちらだ？」

「はい？」

「好きな男がいるから帰りたいのだろう？」

「えっと、二人とも大好きですけど、サクサは十二歳、ドリューはまだ六歳ですよ」

それを聞いた空の王は口元を歪め、あれらの話は当てにならんな、と呟いた。

アドリアニは摑まれている自分の手を空の王から取り戻すと、改めて、空の王の右手を両手で握って強引に引っ張り、空の王を自分の前に座らせた。

「空の王がなんと言われようと、私は空の王のお傍にいます」

「同情はいらん」

空の王は不機嫌になってそっぽを向いた。

帰してくれと言い張っていたのに、力がなくなった話を聞いた途端、掌を返したのだ。そう思われても仕方がない。

「同情がないと言えば嘘になります。それはいけないことですか？　好きでもない相手に同情はしません。好きだから同情するのです。私がどんなに空の王を好きだったか、あなたが抱いてくださった時どれほど嬉しかったか、あなたはご存じないでしょう」

包み込んだ空の王の手がびくっと動いたが、横を向いたまま目を合わそうともしない。

アドリアニは続けた。

「施療院の院長先生は、私をよくからかうわ。君は小さい頃から空の王の肖像画の前に座らせておけば機嫌がよかったね、って。私は幼い頃からずっと空の王が好きだった。あなたに求婚してもらう夢なんて、何度見たかわからないくらい。私を抱きしめ、口づけて、愛してくれる。神と会うことなんてできないってわかっていたけれど、それでも、そんな空想をしていた。大神殿の巫女に憧れたのも、あそこが空の王に一番近い場所だと思っていたから。巫女になって、一生を空の王に、あなたに捧げたいと思っていた」

アドリアニが切々と訴えると、空の王はやっとアドリアニのほうを向いた。

「私はもう不要ですか？」

「そんなことはない。私はお前を——」

アドリアニは期待した。好きだと言ってくれることを。

なのに、空の王はアドリアニの手を強く握っていても、その先を言おうとしない。アドリアニは根気強く待った。

「――お前が好きな肖像画の空の王はいない」

散々待った挙句、やっと口を開いた空の王は、未だ後ろ向きだった。

施療院の患者さんより厄介だわ。

「ええ、空の王ご自身が戻れないと諦めていますものね」

「辛辣《しんらつ》だな…。同情してくれていたのではないのか」

アドリアニは手を伸ばしてもわもわの前髪をかき上げ、青い瞳を露わにする。

「施療院では私の呼び名があって、癒しの乙女ともうひとつ、雷光の乙女というのがあるのです」

「雷を落とすのか」

「ええ、たまに。言うことを聞かない患者さんや、やんちゃな子供たちに。だけど、一番落とすのは、でもでも、だってだって、ばっかり言っている人」

青い双玉が揺れ動いた。当て擦っているのがわかったのだろう。

「私は、目の前にいるあなたが好きなの！　もわもわでも大好きなの」

「もわもわ？」

空の王が眉根を寄せるので、アドリアニは空の王の髪を撫で回した。眉間の皺が瞬く間に伸びていく。

「とうもろこしのヒゲみたいに、もわもわでしょ？」

「もわもわとか、とうもろこしとか、この髪のことか」

アドリアニはふふっと笑うと、膝を使って空の王の脚の上に乗り上げる。前をかけ合わせていたローブの裾が割れ、白い太腿や、銀色の下草が露わになっても気にしない。

「アドリアニ…」

空の王は喘ぐように名を呼んだ。

アドリアニは無精髭の頬を両手で挟んで、青い瞳を覗き込んだ。

「空の王にとって、人の一生の時間なんてほんの一瞬の出来事なのかもしれないけれど…わかってほしかった。こんなに好きなのだと、愛しているのだという思いを。

「あなたとずっと一緒にいます」

空の王の視線が揺らぐ。

「私の傍にいてくれるのか？」

「はい」

「片時も離れずに？」

「ええ。しわしわのお婆ちゃんになっても、ずっといます」

空の王は笑った。もわもわで、髭面で、肖像画とはまったく違うけれど、生き生きとした笑顔にうっとりしてしまう。

空の王への溢れんばかりの思いを伝えたくて、アドリアニは深呼吸してから口を開いた。

「あなたを愛しているの」

「お前を愛している」

二人は同時に言った。

「「本当に?」」

今度は木偶たちのように重なる。二人は見つめ合い、噴き出した。

アドリアニが髭面の頬を撫でると、空の王は嬉しそうに目を細める。アドリアニは自ら空の王の唇を奪った。初めてだった。

空の王がしたことを思い出し、唇を啄《ついば》み、舌先で舐め、そのまま口腔内へと押し入って、肉厚な舌に自分の舌を絡ませる。

ローブが肩から滑り落ちて裸体を晒しても、アドリアニは口づけをやめなかったが、ふと、掌に感じていたざらざらした感触がないことに、気づいた。

唇を離して空の王を見て、喉の奥に息が引っかかったようになった。心臓がものすごい勢いで動きだす。

「あ、…そっ、そっ…」

空の王の姿が変化していた。

光は放っていないが、無精髭はきれいさっぱりなくなり、髪も金色に変わっている。違っ

ているのは長さと質だ。金色の長く真っ直ぐな髪ではなく、もわもわとうねりのある金髪なのだ。それがまた、とても似合っている。

アドリアニは顔を突き飛ばすようにして空の王から離れると、顔を真っ赤にして慌ててローブをかき寄せた。髪の色が違うだけなのに、無精髭もなくなっているけれど、いつもの姿ではなくなった途端、非常に恥ずかしくなったのだ。

「やだ、見ないで」

「どうしたのだ」

「だって、だって、姿が元に…」

「なに？」

髪が短いままだからか、空の王は変化に気づいていないようだった。頬を触り、髪の毛先を摘んで引っ張り、金色に変わっていることを確かめる。

「…なぜだ」

問われてもわからない。驚いたのはこっちのほうだ。口づけだけで変わったことなどなかったからだ。

ローブで身体を隠しながら、空の王から距離を取ろうとすると、抱き寄せられた。

「なぜ逃げる」

心臓が壊れてしまいそうだ。

「急に変わられても…」

「そうだな。私もちょっと驚いた。お前が、もわもわが好きだと言ったから、色だけ変わったのかもしれん。さあ、もっと口づけてくれ」

とてもできそうにない。

「無理です」

泣きそうになりながら言うと、空の王から口づけてきた。アドリアニの身体を膝の上に乗せ、ゆりかごのようにゆっくり揺らしながら、何度も唇を啄む。そして、次第に深く甘い口づけへと変わっていく。

アドリアニは陶然となりながら口づけを受けていた。身体中が熱くなり、もじもじしたくなってくる。空の王が口腔内で舌を動かすたび、あの場所を舐められているような感覚が起こるのだ。

ああ、ダメっ。

乳房を押し潰す勢いで、アドリアニは空の王にしがみついた。とろりと蜜が流れ出てくる。

「んん…、ふぅ…ん」

裸で空の王の膝の上に乗っているのだ。蜜を滴らせていることが空の王に知られてしまう。

太腿を擦り寄せていると、空の王は口づけしながらふふっと笑った。そして、掌が太腿を撫で、下草をくすぐった。

「つぅ……んん……っ」

擦り寄せている隙間に空の王の手が入り込んでくる。太腿で手を挟み込んで阻止しようと頑張ったアドリアニだったが、難なく蒸れた下草の奥へと進んでいく。

花芽に指先が触れたところでアドリアニは空の王を突き放した。

「あ……」

空の王が光り輝いている。髪は短いままだが、あまりの美しさにぼうっと見とれた。

「私が欲しいのか？」

空の王は面白そうな表情を浮かべて覗き込んでいたが、アドリアニがこくりと頷くと、驚きの表情に変わった。素直に頷くとは思っていなかったのだろう。

「抱いてください。何度もあなたに抱かれたけれど…」

愛していると言ってもらって、互いの気持ちが繋がって、今、初めて抱かれるのだ。

空の王にもアドリアニの思いが伝わったようだ。頷くと、アドリアニの手を取って恭しく口づけた。

「愛しいアドリアニ、お前の望みのままに」

水鏡の部屋から一瞬で寝室へと空の王は飛んだ。

空の王の膝の上に座っていて、気づいたら寝台の上だった。

「お前に触れているだけで、力が溢れてくる」

空の王が両の乳房を揉みしだくと、それに呼応するかのように、アドリアニの乳房が輝く。

空の王から輝きが映ったように。

「なんて美しい」

中央の尖りに口づけ、空の王は色づいている尖りを口に含んで舐めしゃぶる。

「あぁぁぁ…」

快感に身体を仰け反らせると、ねだっているのか、と強く乳首を吸われた。

空の王の掌は、アドリアニの肌の輝きを楽しむように、首筋から乳房、そして臍《へそ》の辺りまでを何度も往復し、感じる場所に徹底して口づけを落とす。空の王の指先や掌が触れた後の肌が、ぽうっと光るのだ。

空の王はアドリアニの身体を知り尽くしている。くすぐったがる場所、感じる場所、それらを執拗に愛撫され、アドリアニは嬌声を上げ続けた。

「お前は敏感だな」

「ふ、……んん…ぅ」

乳首は特に感じるのだが、脇腹のとある部分がとっても感じてしまう。自分でもなぜそんなところが、と思うのだが、触れられるとくすぐったいような身悶えするような、なんとも言えない感覚に襲われるのだ。

嫌がらせかと思うくらいに、空の王に口づけられ、甘噛みされる。息も絶え絶えに喘ぐアドリアニは寝台の上で身をくねらせる。

そうすると、下腹の疼きはいよいよ激しくなった。秘めたる場所はどんどん蜜を吐き出して、怪しい生き物のように蠢きだす。

「空の王…」

今か今かと空の王の到来を待っているのだが、空の王は一向に触れてくれない。さっきからずっと膝頭を擦り寄せてもじもじしているというのに、わかっていてあえて避けているのではないか、焦《じ》らしているのではないかとまで思ってしまう。

抱いてくれとは言えても、あそこに触れてほしいとか、入れてほしいとかは、とても言えない。

どうして触れてくれないの？

いっそ、自分で弄ってしまいたい。

ううう、もう、やだ。

涙が滲んできてしまう。

「欲しくて我慢できないのか？」

空の王が耳元で囁いた。美しい顔が近づくと、ただでさえ火照った身体が、さらに熱を持ってしまう。

「違います」

「わかっているぞ。甘い蜜の濃厚な香りが漂っているからな」

知っているのに気づかぬふりをして、あえて触れなかったのだ。

「空の王なんか嫌い！」

アドリアニが怒ると、空の王は美しい顔で笑った。

「お前の我慢している顔が、なんとも愛らしくて」

ずっと見ていたかったのだ、と悪びれもなく言う。

アドリアニは空の王の顔を見ないようにして、空の王を突き飛ばした。顔を見たらとてもできないからだ。

「やっぱり帰る！　施療院に帰ります！」

叫んでから、誰かが同じようなことを叫んでいたのをおぼろげに思い出す。

ジュン先生も昔言っていたわ。

院長夫妻が喧嘩して、出ていきます、とジュンが言ったことがあるのだ。

あの時は……。

「ダメだ、帰さんぞ。一生私の傍にいると言ったではないか。怒ったのか？　悪かった。機嫌を直せ。アドリアニ、こっちを向いてくれ」

院長もこんな感じでジュンのご機嫌を取っていた。

空の王はアドリアニを抱きしめて、顔中に口づけた。

「愛していると言ってくれ」

アドリアニはむくれて首を振った。

むくれるなんて、何年振りだろうか。

自分より幼い子供たちが施療院に増え、子供っぽいことはしなくなった、というよりも、お姉さんになってできなくなってしまった。

私は空の王に甘えているのかしら。

愛されている、と信じられるから、怒ったり、むくれたりしても空の王は許してくれると安心しているのだ。

「アドリアニ、お願いだ」

口を噤《つぐ》んでいると、空の王は必死に許しを請うてくる。なんだが嬉しくなってしまう。

きっと、空の王もそうなのだろう。少し意地悪しても、アドリアニは許してくれると思っているのだ。

「私だってこんなになっているのだぞ」

熱く滾《たぎ》ったものを、アドリアニの太腿に擦りつける。

まあ、開き直ったわね。

アドリアニは手を伸ばして、前置きなくそれに触れた。腹立ち紛れに触れてしまったが、手の中のそれは固くて大きくて、ぬるぬるとした液を滴らせている。

悪戯心で軽く扱《しご》いてみた。

「あ、アドリアニ…、いかん、いかんぞ、…く……」

空の王は慌ててアドリアニの手を摑んだ。

「お前はどうしていつもいきなりするのだ」

口淫した時のことを言っているのだろう。聞かれても答えようがない。あの時は必死だったのだ。

今できるか、といえば、かなり勇気がいる。

「いつもじゃないわ」

顔を背けると、恥ずかしいのか？　と聞いてくるので、頷いて肯定する。

「私を待っていたのだな」

正直に頷いた。

「私もお前が欲しくてたまらない」

言い終わらないうちに、がばっと両脚を広げられる。

「やっ、いきなり！」

恥ずかしい場所を露わにし、蜜壺に指を含ませる。中をかき混ぜながら、花芽を摘まんでは押し潰し、すぐさま顔を近づけて蜜を啜る。

「ひっ！」

舌先は花弁を弄び、指は蜜壺の奥に埋もれて肉の壁を刺激する。

「いやぁ…ぁぁぁんっ、…んっ」

たまらない快感が襲ってくる。

くちゅくちゅと音が響き、耳を苛むたび、身体の奥から蜜が溢れてくる。そして、新しい蜜がさらに、淫らな音を響かせるのだ。

まだ足りない。もっと強く、もっと激しく、肉筒を擦ってほしい。

出し入れを繰り返す指に、肉の壁を抉られアドリアニの身体は跳ね、肉の壁は指を離すまいと絡みつく。

「なんて淫らな場所なのだ」

「やっ、ぁあ…ぁぁぁぁ……」

目の前がチカチカして、身体が痙攣する。

何度も抱かれたけれど、指と舌だけで絶頂を迎えたのは初めてだった。

「達してしまったのか？」

笑いを含んだ声が聞こえる。ぼうっとしているアドリアニの膝頭に空の王は口づけた。そして膝裏を持って抱え上げて両脚を割り広げると、びくびくと痙攣しているあの場所に昂りをあてがった。

空の王がふふっと笑った。

「お前はわかってやっているのか。あてがっただけで、私の分身を喰《く》おうとしている」

そんなことは知らない。あそこはとうに、自分の意思とはまったく切り離された場所になってしまっているのだ。

ただ、空の王とひとつになりたいという欲望は、アドリアニも秘めたる場所も同じだ。欲しくてたまらなかった。大きな昂りで、肉筒を擦ってほしかった。

「空の王…」

アドリアニは美しい顔を見上げた。空の王は微笑んでアドリアニを見下ろしている。

「ください。あなたを私に…っ…」

一気に昂りが押し込まれる。大きな昂りが、肉筒を最奥まで抉った。

アドリアニは絶叫した。

ものすごい快感だった。痛みなどまったく感じなかった。ただ、快感だけがアドリアニの全身を貫いた。

同じ時、二人の身体から光が放たれて寝室を埋め尽くした。それは爆発したように勢いで宮中に広がった。

二人が身体を預けている寝台も、煤けた寝室の壁も、薄暗かった廊下も、瞬く間に白い光に包まれていく。

「アドリアニ」

名を呼ばれてうっすら目を開けると、空の王がいた。長く真っ直ぐな豊かな金髪の空の王が、アドリアニを見下ろしていた。

「あぁ…、空の王」

繋がったあの場所から、何かが流れ込んでくる。

「なに……。わた、し…、あああ……」

それは、快感のようでまったく違う、なんとも言えない不思議なものだった。アドリアニの身体をどんどん満たしていく。大きな身体にしがみつくと、手からも、空の王と触れ合っているすべての場所から、その何かが流れ込んでくる。

空の王はアドリアニの身体に昂りを収めたまま、アドリアニの身体を抱え上げた。

「ひぃぃ………」

さらに奥深く空の王が侵食してくる。あの場所がびくびくと激しく痙攣した。

「見てごらん」

空の王が上を指差した。アドリアニは呼吸を整えてその先を見た。

天蓋のついた寝台が金色に輝き、薄絹の幕が美しいドレープを描いて何重にも覆っている。

寝室の壁も床も天井も、真っ白な大理石に変わっていた。

「なんてきれいなの」

「お前の癒しの力だ」

「私の？　でも…」

「きっと宮の中すべてが変わっている。そして、私も…」

ぐっと腰を突き上げられ、アドリアニは仰け反った。

「ふぅ……んんん……」

「力が溢れてきて止まらん。こんなことは初めてだ」

リルドに囚われる以前よりも力が増している、と空の王は言った。

「アドリアニ、お前はなんて美しい。光り輝いている」

「やんっ…、あなたが光っているからです。私は…」

アドリアニの身体も光り輝いていた。

どうして…。

空の王は金色の輝きだが、アドリアニは空の王とは少し色合いが違う、銀色の光を放っていた。

「ひぃっ、ああ、もう…」

「これからだぞ」

空の王がアドリアニの細腰を鷲摑み、身体をさらに激しく揺さぶり始める。

「私の上で踊るのだ」

「やっ、そんなのっ」

空の王の動きが激しくて、突き上げられるたびにアドリアニの身体はまるで踊っているように動かされる。

「ここが好きだったな」

「……くぅ…、やんっ、そこ、……は…っ」

空の王は突き入れる角度を変えて、アドリアニを鳴かせる。下肢が溶けてしまっているのではないかと思うほどに、感じてしまう。

乳房が揺れ、銀の髪が乱れる。

「もっと淫らに踊れ」

快感が高まれば高まるほど、二人の輝きが増していく。互いの光が混じり合い、金とも銀ともいえない不思議な輝きになっている。

「美しいアドリアニ、我が妻」

「あうっ、く……、ふっ、んっ……」

空の王の首に手を回し、空の王の動きに合わせてアドリアニは腰をくねらす。

何もかもが光に包まれ、アドリアニは繋がっている空の王の姿さえ捉えられなくなる。

「空の、お、う……」

気が遠くなって、意識が光に溶け込んでいってしまいそうだ。

くっ、と空の王が呻くと、アドリアニの身体の奥に熱い濁流が流れ込んで、二人の光彩が膨れ上がる。

「あぁぁぁ……」

アドリアニは背中を仰け反らせ、意識を手放した。


大神殿前の広場は、隙間がないくらいに人で埋め尽くされている。

はぐれないように手を繋いだ家族連れや、年老いた母を背負う息子の姿がある。父親に肩車された子供の顔が、所々にぴょこんと飛び出しているのはご愛敬だ。

大神殿の両脇に組まれた階段櫓の上段には、皇王と皇妃、皇子、中段には愛妾たちやその子供たちが並び、下段には主要な貴族が座っている。

五日間の例祭の最終日。

レオネス山に神が帰る神送り日だ。

巫女たちの奉納舞で幕を開け、皇王の言葉、首席神官の説教、最後に、巫女姫による祈りをもって祭祀《さいし》のすべてが終了となる。

首席神官の説教が始まってから大分時間が経っていた。首席神官にとって一年に一度の晴れ舞台だ。皇王の召しものよりも金がかかっていそうな、下品なほどに派手な黒と金のローブは、この日のためにあつらえたものだ。

聴衆に向けて、大神殿がいかにありがたい聖地かということを、首席神官は唾を飛ばしながら大声で繰り返している。

締めに入ったかと思うと、また最初から始まるといった具合で、長々とした説教に聴衆はうんざりし始めていた。

もう帰りたい、と泣いたりぐずったりする子供の声が各所で上がる。皇子たちは自分の立場を弁《わきま》えておとなしくしているけれど、内心同じ気持ちなのだろう。椅子に座ってもじもじしている。

大人たちもまだ終わらないのかと囁き合い始め、皇王ですら、扇を開いたり閉じたりして時間潰しをしていた。

長い説教がやっと終わり、広場ではやれやれという声が聞かれた。

大勢の神官たちが秋の例祭最後の神事の準備を始め、大神殿前に設置されていた護摩壇《ごまだん》に火が点火された。

その頃……。

大神殿から一番離れた広場の端の方では、奇妙なことが起こっていた。ぎゅうぎゅう詰めに隙間なく立っている人々が動き出したのだ。だが、大神殿まではかなり距離があり、神官たちは誰も気づいていなかった。

護摩壇に焚《た》かれた火がごうごうと燃えだした。真っ赤な炎は天を焦がさんばかりに上がった。

美しい装束に身を固め、薄絹のベールで顔を隠した巫女姫が姿を現す。

皇王を始め、広場に集まった人々は祈りの言葉を呟きながら巫女姫を迎え、大神殿に向かって手を合わせた。

巫女が巫女姫に白い花びらの入ったかごを手渡した。巫女姫は護摩壇の周りを回りながら、護摩壇に向かってかごの中の花びらを何度も撒いた。花びらは火に焙《あぶ》られ、燃えながら舞い上がっていく。これは、神の帰る道を作っているのだという。

巫女姫は人々を背にし、大神殿に向かって護摩壇の前に立った。つき従っている巫女たちは傍に控えるように跪く。

さあこれから祈りが…と皆が思った時だった。

はっとしたように顔を上げた巫女姫が振り返ったのだ。

こんなことは初めてだった。大神殿の近くにいる人々は巫女姫の行動に驚き、遠くにいる人たちは祈りが始まらないことを訝しんでいる。

巫女たちも、巫女姫の様子に動揺していた。

例祭最後の祈りは巫女姫が主役なので、首席神官は脇に引っ込んでいたが、いそいそと出てきた。

「何をしておる！　ぼけっとするな！」

巫女姫を気遣っているような態度を見せながら、囁き声で叱責する。

普段であればびくびくして言うことを聞くはずの巫女姫は、広場を向いたまま微動だにしなかった。

大勢の人々の目があるので、首席神官もここで怒鳴るわけにはいかない。広場に背を向け、苦虫を噛み潰したような顔で睨みつけた。しかし、巫女姫は首席神官を無視し、ベールに隠れている瞳は広場を凝視したままだった
階段櫓の上にいる皇王が足元の近衛隊の隊長に声をかけ、広場を指差した。皇族たちも顔を寄せ合って、皆、同じ所を見ている。視線の先で何かが起こっていた。

隊長は何事かと、階段櫓の上に登って目を見張った。

広場の真ん中に道ができている。それも、大神殿に向かって、計ったように一直線に伸びてきている。すし詰め状態で立っている人々が、さらに身体を寄せて道を作っているのだ。

その道を、誰かが大神殿に向かって歩いていた。

隊長には巡礼者のように見えた。ぼろ布にしか見えないフードつきの黒いマントを、すっ

ぽり被っている。大柄だ。きっと男だろう。

男が歩むたび、ちらりちらりと口元の辺りが見え隠れする。フードから覗くのはむさ苦しい髭面だ。

ねじくれた長い木の杖を突きながら、男は散歩でもするような足取りで進んでいく。男の歩みに先んじて人々は左右に割れて道を作り、まるで、広場に広げた大きな布が裂けていくようだった。

広場に集まった人々の中に屈強な男は大勢いたが、誰も巡礼者を止めようとしなかった。誰もかれもが見えない力に動かされるように後退《あとずさ》り、声を発することなく、通り過ぎていく男を見送っている。

首席神官は広場の様子に気づいていなかった。例祭最後の締めくくりでケチがついたことに怒り心頭で、人々の様子などまったく目に入っていなかったのだ。

「早く祈りを始めんか！」

首席神官はとうとう巫女姫を怒鳴りつけた。だが、首席神官の怒鳴り声は巫女姫の耳には届いていない。首席神官は巫女姫を下がらせるように神官たちに命令した。

すると、広場を凝視していた巫女姫が、小さな悲鳴を上げ、ベール越しに両手を口に当ててよろめいた。巫女たちが駆け寄って身体を支えようとすると、巫女姫はその手を振り払って壇上から駆け下り、広場に向かって跪いた。

「なんだ、あれは」

首席神官は広場に目を向けて初めて、広場の異様に気づいた。

「なぜ無法者を放置している！」

広場の要所にはかなりの数の衛兵が配置されているものの、なにしろものすごい数の国民が広場に集まっているのだ。広場に入れない人々は大神殿の敷地の周りにも溢れていて、十《と》重《え》二十《はた》重《え》と取り囲んでいる。すべてに目を配ることは到底できないし、人々で埋め尽くされた広場の真ん中に出来上がった道を歩くだけで、無法者としてとらえることはできない。

男は歩いているだけなのだ。

異様なことではあるけれど…。

「何をしておる、あれを捕らえぬか！」

首席神官は衛兵に怒鳴った。

「いけません！」

巫女姫が悲鳴のような声を上げた。

首席神官や巫女たち、皇王をはじめとする広場に集まっていた人々は驚いた。巫女姫は大声を上げることなどないからだ。

護摩壇近くで警備していた衛兵は、どちらの指示に従えばいいのか戸惑う様子を見せた。巫女姫は大神殿の象徴でも、支配しているのは首席神官だからだ。

悩んだ末、衛兵たちは権威を選んだようだ。剣を手に男を捕らえようとする。けれど…。身体が動かなかった。どうしてだかわからないが、地面に足が張りついたようになって、身動きできなくなっていたのだ。

そうこうしているうちに、男はとうとう巫女姫の前までやってきた。

巫女姫は地面に両手をつき、男を迎えるように頭を下げた。近くにいた巫女たちは慄き、巫女姫に倣った。傍にいた神官の中にも、わなわなと身体を震わせて座り込む者がいる。

広場はしんと静まり返っていた。

いったいあの男は誰なのか。

皆がそう思っていた。

その疑問を解くのに動いたのは、首席神官だった。

「お前は誰だ！　祭祀を妨害しに来た異教徒か」

首席神官が叫ぶと、男は高らかに笑った。

「何がおかしい！」

首席神官は青筋を立てた。

「私は異教徒か。ならば、お前はなんだ」

「お前とは無礼な！」

頭《こうべ》を垂れている巫女姫が、おやめください、と首席神官のローブの裾を引っ張った。

「触るでない！　巫女風情が私に意見するな」

苛立たしげに吐き捨てる首席神官に、フードから覗いている男の口元がにやりと笑った。

「わかったぞ。その派手な衣装は、道化だな。秋の例祭に道化が来るとは知らなんだ。面白い趣向だ。気に入った」

「大神殿の首席神官である私に対して……。衛兵！　この無礼者を早く捕らえんか！」

首席神官は頭に血が上ったのか顔を真っ赤にして喚《わめ》いた。しかし、衛兵たちは啞然とした表情で、剣を抜こうとした姿のまま固まっている。

「私の言うことが聞けんのか！」

「おやめください、首席神官。このお方は、空の王であらせられます！」

巫女姫が声を震わせながら言った。

「たわけたことを。気でも狂ったか。これのどこが空の王だ」

「見ればわかるではありませんか。美しい光の粒がこの方の周りで踊っています。ああ、なんて美しいのでしょう」

「とうとう気狂いになったか巫女姫」

「いいえ、いいえ。間違いありません。なぜあなたはおわかりにならないのですか！」

巫女姫は必死に言いつのった。

「巫女姫よ、この者にはわかりはしまいよ。なにしろ、道化が神官を名乗っているのだからな」

「ぶっ、無礼者め！」

怒鳴られた男は肩を竦めると、マントを脱ぎ捨てた。

瞬間、眩い光が広場を覆い尽くした。

「おおおぉぉ」

広場に詰めかけていた人々はどよめいた。あまりの眩しさに目を瞑《つぶ》り、両手や腕で顔を覆う。そして、恐る恐る目を開けると、そこには…。

肖像画と寸分違わぬ空の王の姿があった。

吸い込まれそうな深い青色の瞳。煌めく黄金の髪。秀でた額に、鼻筋の通った凛々しく美しい顔。輝く純白のローブを纏い、金の錫杖を手にしている。

人々は呆然として、光り輝く美しい姿に溜息のような声を零した。

空の王が錫杖を地面につく。

しゃらん。

涼やかな音が広場中に沁《し》み渡る。

「……空の…王」

誰かの呟きで、ひとり、またひとりと膝を折り、波紋のように広がっていく。

首席神官はあんぐりと口を開けたまま棒立ちになっていた。皇族や貴族は階段櫓から転がるようにして下り、皇王はすぐさま空の王のもとへと駆けてきた。

頭を垂れた皇王には一瞥《いちべつ》もくれず、空の王は巫女姫に声をかけた。

「参ったぞ」

朗々とした声は巫女姫だけでなく、広場に詰めかけている人々にも、大神殿を取り巻いた人々すべての耳に届いた。

光の粒がきらきらと大神殿と広場とその周辺に降り注いでいる。

人々は奇跡に遭遇していた。

「ようこそ……、ようこそ、おいでくださいました！」

巫女姫は感極まった声で喜びを伝えたが、それ以上言葉にならないようだった。

うむ、と空の王は頷いた。

口を開けて突っ立っていた首席神官は我に返り、膝を折っていったん平伏すると、上目遣いに顔を上げた。媚びへつらうような笑みを浮かべている。

空の王は汚いものでも見るような顔になった。

「知らぬこととは申せ、大変失礼をいたしました。いやはや、あのようなお姿でお越しになられるとは、驚きました。こうしてお越しいただけたということは、私の供物はお気に召していただけたようでございますな。私の願いを聞いてくださるのでしょうか」

首席神官の態度に、巫女姫と皇王が息を飲んだ。

厚かましい、ふてぶてしい、いけ図々しい、煮ても焼いても食えない。

臆することなくしゃべりだした首席神官を現す言葉が、空の王の頭の中にはいくつも浮かんだ。

「口を開けと言った覚えはないぞ、道化よ」

「これはこれは、ご冗談を」

首席神官は高らかに笑った。皇王が小声で窘《たしな》めるも、まったく意に介さない。

「空の王、私は道化ではございません」

「ほう、ならばなんだ」

「私は空の王の大神殿の首席し、か……ん…ぅ、ぅぅ…」

首席神官は名を名乗る前に声を詰まらせた。

巫女姫と皇王が様子を窺うと、首席神官は大きく目を見開き、顔を歪めて歯を食いしばっている。

「いかがした、首席神官」

皇王が声をかけても、はっはっはっと犬のように息を吐いている。

「犬の真似《まね》か。なかなか芸達者な道化だな」

首席神官は真っ青な顔になって、石畳にガリガリと爪を立てた。

「…っ…うぉ……く…ぅ…」

顔に脂汗《あぶらあせ》を浮かべ、涙を流している。流れているのは血の涙だ。

「ぐおぉぉ……」

ひときわ大きく呻き、首席神官は跪いたまま石畳にうずくまった。

「お、助け……、おた、すけく…さ……」

空の王のローブに縋ろうとするが、身動きすらままならないようだ。

人々は固唾《かたず》を飲んで成り行きを見ていた。

「道化は心の臓でも悪いのではないか？」

そんなはずはない。

周りで見ていた者は皆そう思った。首席神官は精力があり余っているような男で、心の臓の発作でないことは、誰の目にも明らかだ。

それに、押さえているのは股間なのだ。

「道化の仕事は辛かろう。そろそろ隠居してはどうだ」

大神殿の内情に詳しい者たちにはわかった。

首席神官はやりすぎたのだ、と。

大神殿を牛耳《ぎゅうじ》って、神を尊ぶ誠実な神官たちを地方の小神殿に飛ばし、自分と同じようなさもしい人間を取り巻きにして好き勝手してきた。巫女姫や巫女たちだけでなく、神をも侮《あなど》り、蔑《ないがし》ろにしていたのだ。

「ぎゃぁぁぁぁぁぁーっ！」

のたうち回っていた首席神官は、断末魔のような叫び声を上げた。身体をぴくぴくと痙攣させて白目を剝《む》き、悶絶《もんぜつ》していた。

神罰が下ったのだ。

首席神官を助けに行く者は誰もいなかった。腰巾着《こしぎんちゃく》たちは真っ青な顔で、ブルブル震えながら平伏していた。中には気を失ってしまった者もいた。

そこには神がいて、冷ややかに首席神官を見下ろしているのだ。首席神官の後は、自分の番かもしれないと思ったのだろう。

空の王は次に、皇王へ鋭い視線を送った。

皇王は身を固くした。首席神官があんな目に遭ったのだ。脱兎《だっと》のごとく逃げ出したかったが、逃げたとしても同じだと思った。相手は神なのだ。どこに逃げても一緒だ。それに、半ば腰が抜けていて動けなかったのだ。

空の王は言葉を発しなかったが、皇王の身体は次第に震えだし、青ざめていた顔は死人のようにさらに青くなった。

「ははーっ」

空の王は皇王だけに聞こえるようにして、何かを伝えたのだろう。皇王は石畳にへばりつくように叩頭した。

空の王は巫女姫に向き直ると、一転して笑みを浮かべた。

「患ってはおらんか？」

空の王が優しい声で問う。巫女姫ははっと顔を上げた。

「そなたの祈りは届いておるぞ」

「……空の王」

「いつか…、我が宮に迎える日まで身体を厭え。自ら命を絶ってはならぬ。よいな」

巫女姫は感極まって泣き崩れた。巫女たちも啜り泣いている。これまでの苦労が報われた瞬間だった。


「「主、きらきら」」

「かっこいいね」

水鏡を覗き込んでいた三人は、嬉しそうに顔を見合わせた。

「あー、私も行きたかったなぁ」

「仕方がない」

「しょうがない」

「うん。わかってる。でも…」

アドリアニはあの場にいたかった。空の王を連れて大神殿に出向き、どうだ、と言わんばかりに首席神官に空の王を見せつけたかった。

行けば大勢の人に顔を見られるぞ、と空の王に言われて諦めたのだ。

大神殿に集まっている人の中には、アドリアニを知っている人がいるだろう。空の王と一緒に姿を見せたらどうなるか。

かといって、大神殿の内々でこっそり事を収めてしまうと、また、首席神官のような人間が出てくる可能性がある。

「取れた」

「痛い」

木偶が揃って股間を押さえる。

「取れてはいないと思うよ。…まさか、取っちゃったのかしら」

女のアドリアニには想像しかできないが、白目を剝いて気絶するほどだから、かなり痛い思いをしたのだろう。

あの様子では、使いものにならなくなったのは確かだ。

「主、嫉妬」

「主、狭い」

アドリアニは苦笑いした。

「狭い、じゃなくて、心が狭いね。私もあんなに怒るとは思わなかったわ」

いきなり口淫を始めたアドリアニの行動が、空の王には衝撃だったようだ。巫女姫がいったい何をするのか、と思ったらしい。

遠回しに聞かれ、アドリアニは口を濁した。自分の愚かさを暴露するようなもので、非常に言いにくかったのだ。結局、閨《ねや》で口を割らされたのだが、話を聞いた空の王は非常に怒った。

「許せん！」

そして、その後に知り得た新たな事実に、空の王は自ら動くことを決めたのだ。

「神送り日に大神殿に行くぞ」

それはとても嬉しいことだったけれど、ここに来てまだ二日も経っていないことのほうにアドリアニは驚いていた。

空の王に何度も抱かれ、眠りもしたからだ。

逆に、二日間いたのに腹が空かないのも不思議だった。

神の宮居は時間の流れやあらゆることが違うのかもしれない。

大神殿に向かうと決めた空の王は、水鏡で大神殿の様子を覗いた。アドリアニも一緒になって、大神殿の全景や大勢の人々が集まっている広場などを見ていると、水鏡は首席神官の姿を捉えた。力が増した空の王の水鏡は、映しにくかった大神殿の中も見通せるようなっていたのだ。

首席神官は椅子にふんぞり返り、神官三人と話していた。この三人の神官も、高そうなローブを羽織っている。同じ穴の狢《むじな》なのだ。

「あの娘の姿が消えたということは、空の王が連れ帰ったのだ」

「巫女姫だと思ったのでしょうな」

「空の王も他愛ない。リルドの神はあまり利口ではないようですな」

四人は声を上げて笑った。

「娘は上手くやっているのでしょうか」

「練習させたからの。これで」

首席神官は張型の入った箱を取り出した。神官たちは中を見てにやりと笑う。

「これはまた立派な一物ですな」

「それはそうでしょう。首席神官様のお一物ですからな」

それを聞いたアドリアニは耳を疑った。まさか、口に突っ込まれた張型の原型が、首席神官の一物だったとは。

俄かに気持ち悪くなって、吐き気がした。

木でできた張型でまだよかったのだ。股間の現物を舐めろと言われなかっただけよかったじゃない、と自分を慰めるしかない。

　無言の空の王は険しい顔で水鏡を睨みつけていた。ギリリと歯軋《はぎし》りの音が聞こえたので、もう済んだことだし、舐めてしまったのだから今さらだと空の王を宥めたが、その後の会話を聞いたアドリアニは、目の前が真っ暗になった。

「なかなかに美しい娘だと聞きましたが」

「よい身体をしておったわ」

　首席神官は下卑た笑いを浮かべた。

「身体をお検《あらた》めに？」

　大神殿にいた三日間、アドリアニは寝台だけが用意された部屋にいた。決まった時間になると黒衣の女性がやってきて、あれをやれ、これをやれと言う。湯浴みも着替えも、身体を晒すことはすべて黒衣の女性の指示に従って行ったが、部屋にも湯殿にも誰もいなかったはずだ。

「部屋を、の」

「覗き穴のある部屋をあてがったのですか」

「ずるいですな、おひとりで楽しまれて。次の機会には我らもお誘いくだされ」

　まさか、自分の裸を盗み見られていたとは知らなかったのだ。

「娘は帰されるでしょうか」

「巫女姫が戻ってきた例《ためし》はないが、あの娘は病んではおらん。帰されるはずだ。戻ってこなくても、我らの腹は痛まんからのう」

「娘が空の王に助けを求めるなどということはないでしょうな」

「求めたところで、空の王は何もしないはずだ。死に体の巫女姫をこれまでに何人も連れていっているのだ。動くならとうに動いているだろうよ」

確かに、と神官たちは頷いた。

「寄進は増えますかな」

「首席神官様、私は別荘を買ってしまったのですがね」

気の早い奴だと首席神官は笑った。

「娘が上手く誑かしたとしても、毒にも薬にもならん神だ。あまり期待はしとらん。だが、あの娘は金になる。今の巫女姫を廃して、あの娘を巫女姫にするつもりだ。癒しの力だ本物なら、方々で力を使わせればいい。それに、美しい娘だからの」

「なるほど、美しい巫女姫を抱けるとなれば、大枚を払う者も多いでしょうな」

「その前に、神の下げ渡しを楽しむのも一興」

「その時はぜひ、我らにも」

四人は顔を見合わせて笑った。

空の王はアドリアニを抱きしめてくれた。自分が涙を流していることにも、アドリアニは気づいていなかった。空の王は何も言わず、ただ静かに傍にいてくれた。

あの時、空の王は心底怒っていたのだ。

「お仕置きしてくるって言って出かけたけど……」

首席神官があんなことになるとは思わなかった。だが、自業自得だ。自分の張型を作ろうと普通の人は考えないし、神官にあるまじき行為を繰り返していたのだから。

空の王の大神殿の神官なのだから、空の王から神罰が下るのは当然なのだ。

そんなことを考えていたら、空の王の姿が突然現れた。

「主、帰った」

「主、早い」

空間が歪んだり、光の粒が舞ったりする前触れは、なけなしの力を集中させると起こる現象なのだ、と空の王は言った。

飛ぶのを失敗すると、思った通りの場所に出ないだけでなく、未知の空間に出てしまう危険もあるのだという。後で聞いて、アドリアニは背筋が寒くなった。不可抗力とは言え、飛ぶ寸前に飛びついてしまったからだ。

だが、もうそんな心配をすることもない。力が戻った空の王は難なく飛んでくる。

「お帰りなさい」

アドリアニは微笑んで空の王を迎えた。

「疲れた」

「ご苦労様でした」

「主、ご苦労」

「主、ご苦労、であった」

「お前たちは…」

どっちが主だ、と空の王はがっくり項垂れる。

「とてもかっこよかったですよ」

「そうか」

アドリアニに褒められた空の王は、満面の笑みを浮かべた。

「にやけてる」

「脂下《やにさ》がってる」

「もうよいわ」

空の王はあっちに行けと言わんばかりに、右手を振る。

「巫女姫はさすが、お気づきになられましたね」

ぼろを纏っている姿でも、巫女姫は空の王だとわかったのだ。巫女たちはもちろん、神官の中にも、何人か気づいた者がいた。

アドリアニは嬉しかった。大神殿の信仰はまだ失われていなかった。心からの祈りを捧げられる者が、大神殿にはいるのだ。

「あれでよかったか?」

空の王はアドリアニの顎を摑んで問いかける。

「はい」

皇王にも厳しく言い置いたようだったから、本来の大神殿のあるべき姿に戻るはずだ。これで、巫女姫たちは祈りの暮らしに戻り、豊かな一生を終えられるだろう。

「いつまでもつかはわからんが…」

現皇王と皇子は神の御業を目撃した。皇子は我が子に神の奇跡を語って聞かせるだろう。皇子の子は父から聞かされた話を自分の子に。

そうして語り継がれ、いずれ風化して、単なる神話に変わってしまうかもしれない。けれど…。

「いいのです」

きっとその時にはまた、神を心から信じる者がいて、神に願いを告げるだろうから。

「疲れた。礼なら、言葉ではなく違うものでしてほしいぞ」

「違うものとは?」

「わかっているであろう」

顎の下を擽られ、アドリアニは首を竦めた。

「いいえ」

わかっているけれど、ちょっぴり意地悪してみる。

「お前を裸に剝いて、その肌に口づけの雨を降らし、美しい下草の奥にある蜜壺から滴る甘い蜜を啜って…」

赤裸々な表現に、アドリアニは両手で空の王の口を塞いだ。

「空の王、やめてください」

ねろりと掌を舐められる。

「ひやっ…」

「わからんというから希望を述べているのに、なぜ口を塞ぐ」

空の王が楽しそうな顔をする。

「もういいです。十分わかりましたから」

「遠慮しなくてもいい。いくらでも言ってやるぞ」

「意地悪」

アドリアニが膨れると、空の王は楽しそうに笑ってアドリアニに口づける。

「ちゅー、してる」

「ちゅー、ちゅー」

木偶が冷やかすのがおかしくて、二人は口づけの途中で噴き出してしまった。

アドリアニは空の王に手を取られ、寝台へと導かれる。なぜか木偶もついてくる。

「主、見たい」

「主、見る」

「ダメだ」

空の王は駄々をこねる二人を部屋から摘み出すと、広い寝台の上にアドリアニを押し倒した。

「子供のくせに、まったく…。いっそ消してしまおうか」

顔を顰め、空の王は扉に向かって手を上げる。本当に消してしまいそうで、アドリアニは慌てた。

「やめてください！　私がお手伝いします。あの子たちにもっといろんなことを教えますから」

アドリアニが頼むと、空の王はにやりと笑った。

「あ、騙したのですね」

本当は消す気などないのだ。

「優しいお前はそう言うだろうと思った」

「あの子たちには、物語の絵本を読んであげます。施療院の子供たちが好きなお話の本があるの。二人もきっと喜びますよ。それから…」

空の王が指でアドリアニの唇を押さえた。

「あれらのことはいい。今は私のことだけを考えろ」

金色の髪がさらりと流れ落ちて、アドリアニの頬をくすぐる。真っ直ぐに見上げると、美しい青の双玉に自分の顔が映り込んでいる。

「空の王、そのお姿はちょっと…」

力を自由自在に操れるようになり、眩しい輝きは抑えられていても、美しい姿には変わりない。疲れたと言っているけれど、あれはただの愚痴だ。力はみなぎっているのだから。

「お前はこっちのほうが好きだと言ったではないか」

「どちらでもいいと言いました」

「ならば、これでも構わないだろう」

構う。おおいに構うのだ。

「だって…」

「だって、なんだ」

「…緊張しちゃう」

空の王は破顔した。

「今さらなんだ。もう慣れただろう」

「慣れないわ。絶対に慣れません!」

「では、慣れるまでこの姿で抱いてやろう」

ちゅっと唇を啄む。

「ダメで…んっ…ふぅんっ…」

啄むような口づけが深い口づけへと変わり、きつく抱きしめられると、空の王のことしか考えられなくなってしまう。

「愛しいアドリアニ」

甘い囁きに、アドリアニはうっとりとなって目を閉じた。


「嫌だ。手伝いなんて絶対にしない！」

「サクサ！」

施療院ではいつものようにサクサとアドリアニが言い争っている。

「言うこと聞かないと、今度こそ怒るよ」

「出戻りが怒った」

「出戻りですって！　こらっ、待ちなさい！」

サクサが走って逃げていく。

アドリアニは施療院に戻ってきた。村人たちに盛大に見送られて出発したのに、一週間もしないうちに戻ってしまったので、サクサはことあるごとにからかってくる。

「もうっ、前よりもっと言うこと聞かなくなって…」

愚痴りつつも、アドリアニはこのやり取りを楽しんでいる。

「本当は優しい子なんだもの」

水鏡で覗き見たことは内緒だ。

サクサはあと数ヶ月でここを出ていく。それまでは、たくさん話をして、遊んで、喧嘩して、思いっきり抱きしめてあげたい。

神送り日の翌日、ひょっこり帰ってきたアドリアニに、施療院の皆は驚いた。

私ではお役に立てなかったみたい、としょんぼりして言うアドリアニを、院長夫妻はお帰りと迎え入れてくれた。

空の王が大神殿に降臨した話は瞬く間に国中に広がり、当然のごとく村にも届いていた。

空の王の姿を見たのかと聞かれるので、神送り日に大神殿を出発して歩いて帰ってきたから、見られなかったの、とごまかしている。

嘘をつきたくはないが、それが一番無難な言い訳だったのだ。

見たかった、見たかったなぁ、と今もしつこく言っては、悲しげな風情で演技を続けるのが、最近では面倒になってきた。

「いつまでこれをすればいいのかな」

あれほど空の王への憧れを口にしていたのだ。

「一生、言い続けなければならないかも…。うーん。何かいい方法がないかな」

腕を組んでアドリアニは考え込んだ。

「アドリアニ、何してるの？」

難しい顔で立っていたからだろう、ドリューが不思議そうに声をかけてきた。エリスもいる。

「ちょっと考えごと。どうしたの？」

「とうもろこし頭の人が来たよ」

「ドリュー、とうもろこしじゃなくて、ちゃんと名前があるのよ」

サクサが遠くからこっちを窺っている。

「サークサ！　サクサがとうもろこしとうもろこしって言うから、ドリューまで言うようになったじゃない」

巡礼者のような格好でこっそり施療院の様子を窺っていた空の王は、目敏《めざと》い村のおかみさんに見つかり、腹が空《す》いているんだね、と勝手に解釈され、強引に、半ば引きずられるようにして施療院に連れてこられた。

この人に何か食べさせてやっておくれ、と叫ぶおかみさんの声に出ていくと、おかみさんに腕を摑まれた空の王が、困り切った顔で立っていたのだった。

アドリアニが働いている姿を見たかったのだ、と空の王は照れ臭そうに言った。

顔見知りなのかい？　と興味津々で聞かれ、大神殿で知り合った人なのだと説明するしかなかった。

本当のことだもの。人じゃなくて、神だけど…。

以来、時々ふらりとやってきては、施療院の手伝いをしてくれる。結構楽しんでいるようだ。リルド皇国内を見て回ることもあるらしい。

「あの髪の毛さ、とうもろこしのヒゲにしか見えないじゃん！」

サクサは言い張る。

「そうなんだけど…」

否定はできない。アドリアニも同じように思ったのだから。

「アドリアニはグレアム様よりとうもろこしのほうが好きなの？　とうもろこしと結婚するの？」

ドリューの問いに、アドリアニは口をぱくぱくした。

「趣味が悪いよな、アドリアニは」

「僕、とうもろこしよりもグレアム様のほうがいいなぁ」

「ドリューはさ、グレアム様がいいんじゃなくて、お菓子がいいんだろ？」

ドリューとサクサのやりとりを、エリスがにこにこして聞いている。

「サクサだってビスケットが来たぞ、って言ってるよ」

「ばっ、なんで言うんだよ」

「二人とも、やめなさい。とにかく、本人の前でとうもろこしって言っちゃダメよ。ロイさんって名前で読んであげて」

ロイヤル。通称ロイ。

アドリアニがつけた名だ。

空の王には名がない。アドリアニには不便に思えるが、困ったことはなかったらしい。そんな空の王がアドリアニに頼んだ。

「新しい名をつけてくれ」

「そんなことしたら、リルド皇国にもっと縛られてしまうわ」

空の王という名を勝手につけられ、リルド皇国に縛られてしまった空の王は、その名を嫌っていた。自由を望んでいたのに、新たに名をつければ、さらに縛られて身動きができなくなってしまうのではないか。

「新たに名がつけば、つけたお前に縛られることになる。だが、お前にならば囚われても構わん」

私にとってどれほど嬉しい言葉か、空の王にはわからないでしょうね。

ロイヤル、と初めて呼んだ時の、晴れがましい空の王の顔は一生忘れないだろう。

何年か前に施療院に立ち寄った宝石商人がいた。商人はアドリアニの介護に感謝し、持っていた宝石を見せてくれた。庶民には目にする機会のない、王侯貴族が身につけるような高価な宝石だ。見せてほしいと頼んで見せてもらえるようなものではないから、アドリアニは喜んで見せてもらった。

血のように赤いルビー。新緑のようなエメラルド。月の光を集めたような真珠。海よりも空よりも美しいサファイア。

これはロイヤルブルー・サファイアだ。もっとも高貴な石だ、と商人が教えてくれた。

だから、ロイヤルとつけた。

空の王の瞳と同じ色だったから。

神は長い時間を生き、人は神と比べると呆気ないほど短い時間を生きる。そのくらいの間なら、アドリアニに囚われても構わないと思ったのかもしれない。

いいの。それでもいいの。

アドリアニにとっては、これからの一生のすべてであり、長く、大切な時間なのだ。

私がこの世を去る時、ロイヤルの名前とリルド皇国から解き放たれて、空の王は自由になるのよ。

「サクサ、わかったわね。ビスケットも使っちゃダメだからね」

「わかった。クッキーに変えるさ！」

「クッキーもダメっ！」

逃げながら叫ぶサクサに、アドリアニはしかめっ面を見せ、すぐに破顔した。

エリスに肩を竦めるとくすくす笑っていたが、人影に気づいて笑みを消した。

「ロイ、また来たの？」

「来てはいかんのか」

せっかくエリスが笑っていたのに…。

笑う時だけはちょっぴり声を出すようになったのだ。

エリスはロイが怖いようで、ロイが来るとびくびくしている。今もアドリアニにしがみついて、ロイから隠れている。

「ダメじゃないんだけど、昼は…」

「昼に来なければ、夜に来て…」

「しっ、エリスが聞いているんだから」

空の王がエリスを見下ろすと、エリスは逃げていってしまう。

「エリスを怖がらせないで」

「何もしておらんではないか」

「だから、もっとにこやかに接してあげて」

「ふん」

空の王はエリスに話しかけはしないし、エリスも空の王に近づかない。だが、お互いを気にかけているのは確かだ。エリスは空の王が作業している姿をこっそり覗き見しているし、空の王も見られていることをわかっていて、あえてそちらを見ないようにしている。

「夜は週に二度しか会えないではないのだぞ」

施療院に戻ってから、空の王は夜中に毎晩迎えに来るので、週に二度だけにして、と言い含めたのだ。

私だって会いたいけど…。

会えば求められるし、求められれば拒めない。

しかし、あまりに頻繁だと困るのだ。

お腹が空かなくなっちゃうんだもの。

「ジェットとオニキスは？」

木偶の名前だ。

「「主、だけ。主、ずるい」」

木偶に言われ続けた空の王が音を上げて、木偶にも名をつけくれとアドリアニに頼んできたのだ。大きな黒い瞳なので黒い石から選んだ。二人は大層喜んだ。

「連れてこられるわけがないだろう。留守番だ」

置いてきぼりの木偶は今頃、ぷんぷん怒りながら水鏡を覗いているだろう。

空の王の姿を見つけた院長がやってきた。

「いらっしゃい。今日も手伝いをしてくださるのかな？」

空の王を紹介した時、院長は非常に驚いた顔をして、しばらくは息を吸うことを忘れてしまったかのように固まって、作務衣の胸元を握りしめていた。握手を求める空の王に、ひどく緊張した様子で手を差し出し、押し戴くように両手で空の王の手を握った。それから、何か言いたげな表情でアドリアニを見て口を開きかけたけれど…。

結局何も言わなかったわ。でも、院長先生って、ロイが空の王だって絶対に気づいてる。普通に接するように心がけているようだが、かなり遠慮気味だ。腰が引けていると言ってもいい。

院長先生が神官を続けていれば、清廉な首席神官になったでしょうね。首席神官の職はなくなっちゃったけど…。

大神殿は皇王の声かかりで内部調査が行われ、密かな大改革がなされた。首席神官の職はなくなり、あの首席神官に地方へと追いやられていた正しき神官たちは、大神殿に呼び戻された。管理の職は固定ではなく、神官が持ち回りで就くことになったようだ。

これからの大神殿は、巫女姫を中心に、清い祈りの場となるだろう。

「薪《まき》割りしてね。裏に積んであるから全部お願い。後で私も行くから」

空の王は頷くと、ひとりで施療院の裏手へと向かった。

「アドリアニ、全部は多すぎるだろう。もっと簡単な作業をお願いしてはどうだろうねえ」

「薪割りは難しくないわよ。やっておかないと、これから困るじゃない」

「そうなんだけどね。でも、あんなにあるんだよ。できたら半分くらいに…」

ひと冬分が積んである。かなりの量だ。

「大丈夫よ。そんなことより院長先生、往診の時間よ。早く行かないと」

「そんなことって…」

「早く早く」

後ろ髪を引かれている院長の背を、アドリアニは押す。

カポン、と木っ端が飛んだ音がする。続けてまた聞こえてきた。薪割りを始めたようだ。

「ロイも働いてるんだから、院長先生も頑張ってね」

院長は駆け足で往診に出かけていった。

「よおし、私も仕事しなきゃ。雑用を片づけたらレモン水を作ろう」

しばらくすれば、溜まった薪をサクサたちが拾い集めてくれるはずだ。ロイは休むことなく割り続けるから、すぐにいっぱいになって、子供たちのほうがてんてこ舞いになる。

今日は秋晴れ。この時期にしては日差しも強く、暑いくらいだ。動いた後には冷たい飲み物が喜ばれる。

青いレモンを輪切りにし、蜂蜜漬けにしておいたものを水で割ったのがレモン水だ。甘くて酸っぱくてさっぱりしていて、子供たちは大好きだ。

空の王は飲み食いしなくても困らない。酒は好んで飲むようだが、神は食事を取らなくても平気なのだという。だが、最近は味を楽しむことを覚えたようで、一口、と言ってはいろんなものを食べたがる。レモン水もお気に入りだ。

口をあーんと開けて一口ねだる空の王を思い浮かべ、アドリアニは口元を緩ませながら施療院へと戻った。


夜、皆が寝静まった頃、空の王はレオネス山の宮からアドリアニの部屋の前に飛び、扉を小さな音で叩くと静かに開けた。

以前、予告なく部屋の中に飛んで、アドリアニにこっぴどく叱られたのだ。

ちょうど、村で泥棒騒ぎが続けてあった頃だった。暗い部屋に、光の前触れもなく突然現れた空の王を泥棒と勘違いしたアドリアニが、大声で叫んでしまい、院長が火かき棒を持って走ってくるわ、村人が交代で夜の見回りをしていたのだが、その見回りの男たちまでやってくるわで、村は蜂の巣を突《つつ》いたような大騒ぎになってしまった。

「人影を見たって嘘ついちゃったから、大勢が寝ずにいもしない泥棒を探し回ったのよ」

光の前触れを送ると言っても、首を縦に振ってくれない。

「部屋の中が光っているところを見回りの誰かに見つかったら、言い逃れできないわ。泥棒はまだ捕まっていないし、捕まれば騒ぎになるし、その時私が部屋にいなかったら、もっと騒ぎになってしまうわ。昼に来れば会えるんだからいいじゃない」

夜は絶対に来ないで、と念を押された。

力が完全復活した空の王は、アドリアニの癒しの力は必要としていない。アドリアニを抱かなくても困ることはないけれど…。

「夜は週に二度しか会えないのだぞ！　それを来るなと言うのか」

切々と訴えたのに、アドリアニはわかってくれない。

たかが泥棒ごときで愛しい妻に会えないなんて。

人の難儀に手を貸すつもりはなかったが、いつまで経っても泥棒が捕まらないので、業を煮やした空の王は自ら泥棒を捕まえた。

ひとえに、妻との時間を作るためだ。

アドリアニを時々訪ねてくる胡散臭《うさんくさ》い男、と村人に思われていたし、空の王が泥棒ではないかと村では噂《うわさ》になっていたのだ。

「主、ドロボー」

「主、ぬすっと」

水鏡を覗いていた木偶から聞いて知った。

「私を盗人《ぬすっと》呼ばわりとは…」

名誉のためにも、自ら動く必要があったのだ。

泥棒を捕まえた空の王を、村人たちは英雄のように称えた。何軒も被害に遭っていたからだ。この頃では気さくに声をかけてきて、施療院にこれを持っていっておくれ、と使いまで頼まれるようになった。

アドリアニの部屋は、小さな寝台と行李があるだけの狭い部屋だ。空の王が入ると、さらに狭く感じる。

寝衣に着替えたアドリアニは窓から外を眺めていた。

「今日は星がきれい」

「では、空を飛んでいくか」

「そんなこともできるの？」

「何を今さら」

空の王はアドリアニを抱き上げると、施療院の上空へと瞬時に移動した。

「い…っ！」

いきなり高い空中に移動したからだろう。アドリアニは悲鳴を飲み込んで、ひしっとしがみつく。

「行くなら行くって言って！　大声で叫ぶとこだったわ」

小声で文句を言う。耳元で囁くからくすぐったい。

「高いところは嫌いだったか」

笑いながら問うと、頬をぷくっと膨らませる。こんな子供っぽいしぐさは、人前では、特に子供たちの前では絶対にしないから、かわいくてたまらない。

「嫌いとか好きとかの問題じゃないの」

膨れた頬に口づける。

「機嫌を直せ。天地がひっくり返っても落としはしない」

アドリアニは笑って、わかってるわ、ともわもわの頭を撫でてくれる。

一線を引くようだった口調も、至って普通になった。それは嬉しいのだが、手厳しいことを平気で言うので、愛を感じられないと思うことが増えたのは残念でならない。

きらきらした姿では絶対に来ないで、とも念を押された。昼は人目があるから気を使っていたが、夜もか、と文句を言うと、返ってきた言葉が…。

「だったら夜は来なくていいわ」

これに愛を感じる夫がいたら、会ってみたいものだ。

それならば、二度と来ぬ！　と言えないのが辛い。

結局、私が折れるしかないのだ。これが人の言うところの、惚《ほ》れた弱み、か。

身をもって知った空の王だった。

空の王はアドリアニに言われた通り、昼も夜も、もわもわ姿で施療院に行く。力を失った時は、死ぬほど嫌だったこの姿も、今では結構気に入っているのだ。ひとえに、アドリアニが好きだと言ってくれるから。

星空を堪能しながら遊覧飛行でレオネス山へと向かっていたが、地上は真っ暗で、砦《とりで》や関所に松明《たいまつ》の明かりが見えるだけし、のんびり飛んでいたら朝になってしまう。

空の王は途中で一気にレオネス山へと飛んだ。

山頂の宮居も美しい元の姿に戻った。元々力で形作られているのだから、当然のごとくそうなるのだ。薄暗かった廊下も明るくなり、部屋数も増え、外の風景も見えるようになった。

レオネス山の山頂は万年雪なので、見えるようになっても白一色なのだが、巫女姫たちの墓があるので、アドリアニは時々花を携えてくる。

枯れたり凍ったりして無駄になるのだから必要ないと思うのだが、そういうものじゃないのよ、とアドリアニは笑う。

「ジェットとオニキスは?」

「寝ている」

動きを止めるとアドリアニが怒るので、眠らせているのだ。眠りを覚えた木偶は、この頃昼寝も覚えた。少しずつ、人の子のように育っている。

「寝顔を見に行ってもいい？」

「ダメだ」

「どうして」

「起きるとアドリアニを奪われてしまうではないか」

アドリアニが来ると、ジェットとオニキスは纏わりついて離れない。

「もう、ロイったら、ふふふ……」

柔らかな唇を塞ぐと、アドリアニは両腕を伸ばして空の王を抱きしめてくる。掌からアドリアニの愛が伝わってくる。

寝台に押し倒すと、アドリアニが困ったような顔をした。

「お腹が空かなくなっちゃうの。いっぱいしないでね」

「食べなければいいではないか」

「あなただって、食べ物の味見するのが好きになったくせに。そんなこと言うんだったら、もうなんにもあげないから」

新鮮な果物を噛んだ時、口の中に広がる甘い果汁。瑞々《みずみず》しい採《と》れたて野菜を齧《かじ》った時の、青臭い香りや歯応えは、空の王の新たな楽しみになっている。腹を満たすのではなく、食感や味を楽しむのがいいのだ。

アドリアニを抱くと空の王には力が溜まるが、アドリアニにも同じことが起こる。

それは、アドリアニが神の血を引く娘だったからだ。

気づいたのは、空の王が施療院に初めて顔を出した時だった。施療院に、アドリアニの産みの母がいたのだ。

アドリアニと同じ色の、銀の髪と金の瞳を持つ、幼い娘。

エリス。

女神であり、アドリアニの母だと見た瞬間すぐにわかった。エリスは幼子に姿を変え、人との間に産んだ我が子の傍にいたのだ。向こうも、ロイという名の男が誰なのか気づいているようだ。

「アドリアニは、それほど私に抱かれたくないのか？」

「違うわ。私もあなたに…」

アドリアニはちょっと恥じらって、たくさん愛してほしい、と言った。

ああ、こういうところが愛らしいのだ。いつもは煩くて、厳しいことを言うのに、突如として愛を語るから…。

「でもね…」

「なんだ」

「エリスがね、私が食べていないことに気づいているみたいなの」

空の王は心の中でチッと舌打ちした。

空の王が施療院に行くと、エリスは遠くからいつも様子を窺っている。エリスと言葉は交わしていない。しゃべれないことになっているからだが、あれは嘘なのだ。しゃべらなくても意思の疎通はできるけれど、あえて互いに避けている。

アドリアニが空の王の妻になったことも、母として嬉しくないようだ。

ふん、もう私のものなのだ。

人の世には神の子も大勢住んでいる。不思議な力を持っていたり、やたらと長寿だったりする者がそうなのだが、大抵は自分が神の子だと知らぬまま、一生を終える。

アドリアニもそうなるはずだったのだろう。エリスはアドリアニの短い一生を見守るつもりだったのかもしれない。

だが、空の王と出会ったしまった。娘の人生が大きく変わってしまった。

それが腹立たしいのか、ひとりでいると敵意を剝き出しにしてくるし、アドリアニの傍でこれ見よがしにロイを怖がるのだ。

くそ忌々しい女神め。娘を捨てたくせに、今さら母親ぶるな。

施療院の院長は空の王に気づいているが、エリスが神だとは気づいていない。それは、空の王がリルドの神であるのに対し、エリスが行きずりの神だからだ。

力が戻った空の王は、その力でエリスをリルドから追い出すことができる。だが、それをしないのは、アドリアニを産んだ母だからだ。

寛大な私に感謝してほしいものだ。

エリスは自分を母だとアドリアニに告げる気はないようだ。アドリアニの傍にいたいというだけなら、害にならないと空の王も判断した。

これ以上私を怒らせなければな。

「エリスにあんまり心配かけたくないわ」

「お前がそういうのなら、こうして触れているだけにしよう」

アドリアニの身体は成熟した大人の女性へと徐々に変化してきている。寝衣越しに滑らかな胸の膨らみを掌でなぞると、アドリアニは身体を震わせた。

「あっ……」

「お前の中に入りたいが、私が我慢するしかない」

柔らかな乳房を揉むと、身体を仰け反らせる。

「繋がらなければいいのだろう？」

空の王はアドリアニの全身に口づけ、甘噛みしていく。膝裏から太腿の内側を通って熱が籠《こも》った下草の奥まで、舌を一気に滑らせると、アドリアニの秘部は奇妙な生き物のように蠢いた。

花弁を舌先でくすぐる。

「ロイ、ああ、そこは…っ」

「もうこんなになっている。欲しいのか？」

「ちっ、違うわ」

蜜壺は蜜を溢れさせて、ぴくぴくとはためいている。

「あぁ………」

指を突き入れれば難なく受け入れ、今度は指を離すまいと絡みついてくる。

「なんていやらしいのだ」

「いやっ」

指で中をかき回せば、アドリアニは銀の髪を乱しながら頭を振った。

「ロイ！　ロイヤ…、ル！」

甘い声が名を呼ぶ。

「もう…、ねぇ、お願い！」

アドリアニの望みは手に取るようにわかる。空の王自身、はちきれんばかりの分身に、耐え難い苦痛を感じている。

だが、自分からは絶対に動かない。空の王はニヤリと人の悪い笑みを浮かべた。

ここは、主導権を握らせてもらうぞ、アドリアニ。

「何が欲しい？」

「ロイ！」

「そのかわいい口で、かわいい声で私にねだってみろ。そうしたら、考えてもいい」

指で中をかき混ぜると、アドリアニは切なげに眉を寄せて、いやいやするように何度も首を振る。

「言わないとわからんぞ」

肉筒を指先で押しながら、さあ、と促す。

「っ……ぅ…く……、欲しい…の…、あなたが、欲しいのっ！」

「腹が空かなくなるぞ？」

アドリアニが目をまん丸くした。

「ロイなんか嫌い！」

「怒っている顔もかわいいな」

昂りをアドリアニの蜜壺に一気に埋める。

「ひ……っ…！」

肉筒の抵抗をものともせずに最奥まで突き入れると、息を詰めたアドリアニの耳元に、愛している、と囁く。

その瞬間、アドリアニの全身が光り輝きだした。

「くっ…」

凄《すさ》まじい快感に、空の王の身体も美しい姿に変化して光り出す。力が溢れてきてしまい、逆にもわもわの姿を保てないのだ。

昂りがさらに大きくなる。同じ快感をアドリアニも味わっているのだろう。空の王が堪え切れずに腰を動かすと、恍惚とした表情で視線を彷徨《さまよ》わせる。

激しく出し入れし、アドリアニの身体を揺さぶる。

「……んっ……あぁぁ……」

互いの身体の中を力が巡り始め、光がさらに強くなっていく。

アドリアニは命の尽きるまで傍にいると言った。

だが、こうして愛し合い、力を巡らせることで、アドリアニは変化していく。

そう、神と同じものへと。

アドリアニが女神の子として生まれたからでもあるのだが、そのことをアドリアニは知らない。

以前、私と同じだけの長い生をお前にも与えられる、と言った時、アドリアニはそんなものはいらない、とあっさり拒否した。

「私は生まれ持った自分の人生だけでいいの。短いかもしれないけど、ずっとあなたの傍にいるわ。私の一生、私のすべてをかけて、空の王、ずっとよ、あなたを愛しているわ」

それが変わったのだと知ったら…。

いつか伝えなければならない。女神の子なのだということも。それを知ったら、アドリアニは烈火のごとく怒るだろうか…。

それでも私は、お前を放しはしない。永久に、お前に囚われたいのだ。

「ロイ、ああ、ロイヤル」

アドリアニが両手を伸ばして、髪を撫でる。長い金色の髪を愛おしげに。

「愛している、アドリアニ。美しい私の女神」

空の王はお返しとばかりに銀の髪に口づける。

アドリアニは満面の笑みを浮かべ、金色の眦《まなじり》からきらきら光る涙を零した。

# あとがき

こんにちは、真下咲良です。

この本をお手にとっていただき、ありがとうございます。

日本には八百万《やおよろず》の神がいらっしゃるそうです。八の数字は多いという意味があるらしく、八百万ともなれば、とっても多いよ、ということですね。

古来より日本人はいろんなものを信仰の対象としてきましたし、千年以上歴史のある神社も数多くあります。

我が家の近所にもそんな神社があって、子供時分には境内で友達とよく遊んでいました。その神社の秋祭りに、二年振りかな…、参拝に出かけました。

このお話の校正をしている頃だったので、空の王みたいな神様だと御利益ないだろうなぁ、なんてことを考えながら参道を歩いていて、ふと気づきました。

神社の御祭神を知らないことに…。

皆様は、ご近所の神社にどなたが祀られているか、ご存知ですか？

恥ずかしながら、私は参拝の作法もあやふやでして、お賽銭を入れてから鈴を鳴らすのか、その逆なのか…。

作法には諸説あって、二拝二拍手一拝が基本のようですが、神社によって拍手の数も違うので、これからはお参りに行く前に調べようと思いました。


さて、今回、イラストを担当してくださるのは、アオイ冬子先生です。ご一緒できてとても嬉しいです。アドリアニと空の王、どんな感じに仕上げてくださるのか、とても楽しみです。

担当様、お世話になりました。携わってくださった皆様、ありがとうございます。

読者の皆様と、またお会いできることを祈って。

真下咲良

真下咲良先生、アオイ冬子先生へのお便り、
本作品に関するご意見、ご感想などは
〒101-8405
東京都千代田区三崎町2-18-11
二見書房　ハニー文庫
「神は癒し巫女を離さない」係まで。

本作品は書き下ろしです


Honey Novel

神《かみ》は癒《いや》し巫女《みこ》を離《はな》さない

【著者】真下咲良《ましたさくら》

【発行所】株式会社二見書房
東京都千代田区三崎町2-18-11
電話　03(3515)2311[営業]
　　　03(3515)2314[編集]
振替　00170-4-2639
【印刷】株式会社 堀内印刷所
【製本】株式会社 村上製本所

落丁・乱丁本はお取り替えいたします。
定価は、カバーに表示してあります。



ISBN978-4-576-16196-9

http://honey.futami.co.jp/

## 早瀬 亮の本

### ミュリエルの旦那様

イラスト=芦原モカ

幼馴染のクライブと結婚することになった伯爵令嬢のミュリエル。
任務で不在がちな婚約者の本心がわからず不安になるも意外な真実が…

## 早瀬 亮の本

# 口づけに酔わされて

イラスト=時計

シリーズの稀少本を借りるため、筆頭侯爵家のラストラドに一冊一回口づけを許す約束をしたレイノラ。しかし約束のそれは濃密すぎて…